A MORTE DE NAPOLEÃO

Dados Internacionais de Catalogação na Publicação (CIP)
(Câmara Brasileira do Livro, SP, Brasil)

Leys, Simon
A morte de Napoleão / Simon Leys ; tradução Rosa Freire d'Aguiar. — São Paulo : Companhia das Letras, 1993.

ISBN 85-7164-345-8

1. Napoleão I, imperador França, 1769-1821 — Ficção I. Título.

93-2717 CDD-843.914

Índices para catálogo sistemático:
1. Ficção : Século 20 : Literatura francesa 843.914
2. Século 20 : Ficção : Literatura francesa 843.914

SIMON LEYS

A MORTE DE NAPOLEÃO

Tradução:
ROSA FREIRE D'AGUIAR

COMPANHIA DAS LETRAS

Capa:
Victor Burton
sobre ilustração de Job
para o livro *Bonapart* (1910)
e caricatura de Grandville (1834)

Preparação:
Marcia Copola

Revisão:
Carmen S. da Costa
Liege M. S. Marucci

A edição original foi publicada na França
com o título *La mort de Napoléon*
por HERMANN,
Éditeurs des Sciences et des Arts, Paris

1993

EDITORA SCHWARCZ LTDA.
Rua Tupi, 522
01233-000 — São Paulo — SP
Telefone: (011) 826-1822
Fax: (011) 826-5523

É uma pena ver uma grande cabeça, como a de Napoleão, dedicar-se às coisas insignificantes, como são os impérios, os acontecimentos, o troar dos canhões e das vozes, e acreditar na glória, na posteridade, em César — ocupar-se das massas que se agitam e da superfície dos povos... Ele não sentia, afinal, que se tratava de OUTRA COISA?

Paul Valéry,
Mauvaises pensées et autres

A morte de Napoleão

1
UM ALVORECER NO ATLÂNTICO

Como ele se parecia vagamente com o imperador, os marinheiros do *Hermann-Augustus Stoeffer* tinham-no apelidado de Napoleão. Portanto, para comodidade do relato, é assim que o chamaremos.

E, aliás, ele era Napoleão.

De que maneira, ao final de um extraordinário

complô, ele conseguira fugir de Santa Helena — essa aventura foi tratada num livro anterior ao qual recomendamos que o leitor se remeta.* Basta, aqui, relembrar o princípio do estratagema: após várias peripécias, um segundo-sargento que tinha notável semelhança com o imperador desembarcou numa praia deserta de Santa Helena durante uma noite sem lua, enquanto Napoleão embarcava num navio português de transportar focas, fretado para a ocasião. Para os carcereiros ingleses (e para o resto do mundo), o dia seguinte a essa engenhosa operação foi um dia como todos os outros: Napoleão levantou-se à hora costumeira, tomou seu café com leite habitual, deu seu passeio, como sempre costumava fazer. À exceção dos fiéis servidores que estavam envolvidos no magistral complô, ninguém soube que, na verdade, essas diversas atividades estavam sendo executadas por um sósia, enquanto o verdadeiro Napoleão navegava, no mesmo momento, nesse barco que, semanas mais tarde, iria deixá-lo na ilha

(*) "Le prisonnier de Sainte-Hélène", ver *Veillées des chaumières*, números de junho, julho e agosto de 1904.

Tristão da Cunha — local melancólico, povoado apenas por alguns pingüins e outros indígenas deserdados, cuja descrição, aqui, vamos poupar ao leitor.

De Tristão da Cunha, e seguindo um plano minuciosamente traçado, cujas etapas sucessivas só lhe eram comunicadas aos poucos por agentes anônimos, eles mesmos instrumentos cegos a serviço de uma misteriosa organização, Napoleão se viu embarcando num barco de pesca de lagosta que se dirigia à Cidade do Cabo.

Foi uma travessia longa e difícil.

Ele viajava com o nome de Eugène Lenormand, mas durante este percurso o pseudônimo foi-lhe de pouca utilidade. Na realidade, a tripulação era formada de noruegueses, gente taciturna que jamais imaginaria lhe perguntar o nome: durante toda a viagem, não lhe dirigiram a palavra nem uma única vez. Não se tratava de má vontade, já que entre si não eram mais falantes, e, aliás, alguns dos marinheiros mais velhos, de tanto mutismo marítimo e escandinavo, acabaram por perder completamente o uso da palavra. A semelhança — atenuada mas ainda perceptível — entre ele e o herói que fizera a Europa tremer não provocou nenhuma curiosidade indiscreta, pois em matéria de cabeças coroadas a tripulação só conhecia vagamente um rei da Dinamarca cuja litografia amarelada estava espetada na parede do camarote do comandante.

Mas agora a situação era totalmente diversa no *Hermann-Augustus Stoeffer*, esse brigue que o levava de volta à França e cuja tripulação era formada de bandidos cosmopolitas, entre os quais alguns tinham certa cultura geral — sem falar do fato de que um dos quartéis-mestres era um francês que servira na Marinha durante a expedição do Egito e se proclamava um bonapartista ferrenho.

E, no entanto, foi esta personagem quem mais relutou em admitir que pudesse existir alguma semelhança entre um camareiro — pois era a esse título que Napoleão estava inscrito na lista de tripulantes — e seu imperador.

Tudo havia começado por uma impertinência do grumete.

Um dia, tendo que levar ao castelo de popa as

bandejas com o café da manhã dos oficiais, o grumete berrou para o camareiro pedindo que lhe desse uma mãozinha, mas este permaneceu mergulhado em seus eternos devaneios. O grumete, que era dotado de espírito observador e brincalhão, acabou gritando:

— Ei, Napoleão!

O efeito ultrapassou todas as expectativas: o interpelado deu um pulo, transformando-se, numa fração de segundo, numa fera de olhos pálidos e terríveis.

O grumete, cuja vida no mar e cujas toscas amizades de bordo já o tinham deixado razoavelmente cínico, apesar de sua pouca idade, notou não tanto a repentina e rápida transfiguração que se dera em Eugène, e sim a eficácia do método para chamá-lo à realidade. E, como na execução de suas tarefas diárias freqüentemente precisava da colaboração do camareiro, achou que o emprego desse apelido era muito conveniente.

Quanto ao resto da tripulação, de tanto ouvir "Napoleão!" aqui, "Napoleão!" ali, acabou por ratificar a vaga semelhança que o camareiro tinha com o prisioneiro de Santa Helena, e foi assim que, para todo o barco, a partir daí ele passou a ser Napoleão.

Só o quartel-mestre desaprovava esse apelido. Que se associasse o nome de seu deus àquele homenzinho feio, de barriga inchada e pernas finas, parecia-lhe um sacrilégio. Por sinal, convém acrescentar que, nesses últimos anos, Napoleão envelhecera muito; perdera boa parte dos cabelos, e, para proteger o crânio do vento marinho, usava permanentemente um boné de lã de cores alegres, que sua hospedeira da ilha de Tristão da Cunha tinha lhe tricotado. Esse gorro, confortável mas um pouco ridículo, acabava de lhe compor um perfil digno de provocar a irritação do quartel-mestre.

O desespero deste último era ainda mais exacerbado pelas intromissões do sobrecarga — um insolente rapaz de boa família, oriunda de Birmingham, que se exilou nos altos-mares depois de emprenhar a filha de um pastor; esse inglês abominável, que conhecia a religião bonapartista do quartel-mestre, sentia um cruel prazer, toda vez que o outro estava nas paragens, em interpelar o lamentável camareiro chamando-o de "monsieur de Buonaparte", com uma cortesia extremamente cômica.

Dessas afrontas cometidas por intermediários contra seu ídolo, o quartel-mestre se vingava em cima do infeliz Eugène. O que era fácil, pois, como o camareiro não prestava para nada, fora transformado num pau para toda obra, e não havia tarefa idiota, humilhante ou suja que no final não recaísse sobre seus ombros. Até mesmo o grumete tinha a impudência de descarregar em cima dele parte das próprias atribuições.

Portanto, a ele era negada qualquer participação na dignidade fundamental dos gajeiros que, de seis em seis horas, se livravam do vapor quente do convés para conhecer no balanço dos mastros e na ondulante brancura das velas uma liberdade de gigantes leves, irmãos dos pássaros ao vento. Sua debilidade física imobilizava-o na ponte. Mas que lhe importava ser um mísero inseto aos olhos dos cestos de gávea? Mal-e-mal, vez por outra seu olhar se perdia distraidamente por aquelas alturas. Ele suportava, absolutamente impassível, a abjeção da própria condição, da qual não procurava fugir. Estava acima de qualquer humilhação: ausente de si mesmo, seu sonho lúcido e frio voava para o futuro, rumo à França, rumo aos impérios que estavam por vir!

Os marinheiros, pessoas grosseiras mas não malvadas (como todos sabem), o toleravam sem lhe dar mais atenção do que ao papagaio do Nègre-Nicolas, o cozinheiro. Desde que cumprisse suas tarefas, ninguém procurava encrenca com ele. A bem da verdade, e sem que os marinheiros tivessem a menor consideração por ele, alguma coisa os impedia, porém, de maltratá-lo — um imponderável prestígio emanaria, apesar dos pesares, de seu mutismo distante, as mãos brancas como as de um bispo lhe confeririam alguma dignidade misteriosa? Ou será que, mais simplesmente, talvez se apiedassem de sua compleição franzina e de sua fantástica inaptidão para executar corretamente qualquer tarefa manual?

A única pessoa que lhe manifestava uma verdadeira consideração era o Nègre-Nicolas. O que, aliás, não significava grande coisa, pois o Nègre-Nicolas chamava todo mundo de "Chefe", até mesmo o próprio papagaio.

O Nègre-Nicolas era uma criatura de idade indefinível e de aparência um tanto repugnante; era alto, e o bom meio século passado nas despensas do porão, debruçado sobre os fornos, quebrara-o em vários segmentos, como um metro de bolso semidobrado. Sem ser realmente robusto, seu corpo apresentava aqui e acolá inchações arbitrariamente repartidas. O rosto era rasgado por uma boca enorme que se escancarava como a cara suja e preta de seus fornos; no meio dessa aparência banal, boiavam um ou dois dentes, parecidos com arrecifes cobertos de sargaço. Essa dentição em ruínas tornava mais ininteligíveis ainda sua elocução já naturalmente esquisita e seu dialeto complicado, conferindo-lhe às raras palavras um peso de oráculo — como convém a um cozinheiro negro num barco de longo curso, personagem que, para se encaixar no figurino, deve ser um pouco entendida em ciências ocultas.

Napoleão, que não dava atenção à hostilidade do quartel-mestre, nem à ironia do sobrecarga, nem à brutalidade indiferente dos marinheiros, nem às insolências do grumete, também não percebia o tratamento de favor que regularmente o Nègre-Nicolas lhe dispensava — e que não deixava de provocar certa inveja ao redor, pois um cozinheiro, que proporciona diversas vantagens muito procuradas, é sempre cercado por um grupo de cortesãos à espreita de suas boas graças: um toucinho bem gorduroso aqui, um pé de porco ali, um resto de café quente antes de enfrentar o segundo quarto noturno etc. Napoleão gozava desses diversos favores sem nada fazer para consegui-los; aceitava-os naturalmente, como algo que lhe era devido, e no mais das vezes nem sequer parecia se dar conta da existência desses favores. Coisa curiosa, longe de desencorajar o Nègre-Nicolas, tal indiferença parecia estimular mais ainda sua solicitude.

Toda noite, com o corpo vencido pelo cansaço imbecil dessas tarefas diárias, Napoleão, fugindo por instantes da atmosfera carregada do passadiço, ia se encostar na beira do castelo de proa e mirava o nascimento das primeiras estrelas. A suavidade do azul tropical que progressivamente cedia lugar ao aveludado da noite e o cintilar tranqüilo dos astros que parecem tão próximos dos homens quando começam a brilhar, solitários no limiar da noite, deixavam-no perfeitamente frio. Ele ia se instalar ali por motivos puramente higiênicos, banhando por instantes o corpo na frescura da noite a fim de relaxar os músculos, limpar os pulmões e garantir uma noite sem insônia.

Se pouco ligava para os fastos dos crepúsculos tropicais, não era decerto por ser de natureza insensível aos acordes românticos. Mas, desde a noite memorável da fuga, decidira se encouraçar atrás de uma carapaça de indiferença: durante a fase dessa incerta aventura do regresso, "Napoleão" só podia ser um apelido de convés.

O papel da águia fulminada, do prisioneiro solitário, do exilado pensativo, era vivido, nesse momento, por um obscuro sargento, enquanto o novo imperador ainda não passava de um sonho do futuro. Entre a personagem de que ele se havia despojado e aquela que ainda não havia criado, temporariamente Napoleão não era ninguém. Nesse intervalo neutro, Eugène ia vivendo como podia; não teria direito a um destino próprio; no máximo, poderia conhecer pequenas desgraças inglórias e umas poucas alegrias mesquinhas.

Assim, a beleza pungente daqueles crepúsculos lhe seria negada enquanto ele permanecesse alheio a si mesmo, defenestrado do próprio destino, entre aqueles marinheiros rudes, suspenso por uma vacância da fortuna naquele vazio intermediário, esquecido entre mar e céu, no nada insípido daquele lento veleiro comercial.

Ele se apoiava na existência puramente física do lamentável Eugène para atravessar este limbo ao termo do qual se levantaria finalmente a nova manhã de Napoleão.

Um fio infinitamente tênue conduzia-o a esse hipotético alvorecer; até agora, a cada etapa da viagem um novo mensageiro desconhecido emergira da sombra para lhe indicar o caminho a seguir.

Por enquanto, ele tudo ignorava, a não ser aquelas últimas instruções recebidas durante a escala anterior: quando o *Hermann-Augustus Stoeffer* chegasse a Bordeaux, ele deveria entrar em contato, no cais, com um homem bigodudo, portando um alto chapéu cinzento, que estaria sentado em cima de um barril, segurando numa das mãos um guarda-chuva enrolado e na outra um exemplar do *Écho de la Bourse*. Esse novo intermediário o encaminharia então para a formidável organização secreta que esperava apenas pelo impulso de seu gênio para se pôr em marcha e catapultá-lo ao poder.

De que maneira essa organização era formada, ele continuava a ignorar, e nenhum de seus sucessivos guias foi capaz de informá-lo sobre o assunto: na verdade, a regra fundamental da surpreendente conjuração era observar um sigilo tão absoluto, que os próprios conjurados ignoravam até o objetivo das iniciativas que tomavam. Conquanto já somassem várias dezenas de milhares, desse total de conjurados não havia duas pessoas que se conhecessem. Com mais razão ainda, não podiam saber que o autor desse plano gigantesco, um jovem e obscuro matemático, já havia sido levado deste mundo dois anos antes, vitimado por uma febre cerebral! ... Mas o mecanismo complexo concebido por essa genial personagem era tão perfeito, e cada detalhe fora calculado e previsto com tamanha precisão, que as engrenagens cegas continuavam infalivelmente a se encaixar umas nas outras ao longo dos dias e dos meses, sem que a marcha dos acontecimentos fosse afetada em nada pelo desaparecimento de seu criador anônimo.

* * *

Apesar da firme resolução de confinar a personagem de Eugène dentro dos estritos limites de seu papel provisório, uma vez a vigilância de Napoleão falhou. O incidente, aparentemente banal, deveria lhe deixar uma cicatriz cuja profundidade talvez ele não tenha imaginado no momento.

Havia alguns dias que o *Hermann-Augustus Stoeffer* cruzara o trópico e entrara na zona dos alísios que agora o empurravam com seu sopro regular. A todo o pano, o brigue ia avançando maravilhosamente, apoiado num bordo, e a brisa tépida e forte era tão constante que só raramente a tripulação tinha de bracear as vergas. Os oficiais de quarto estavam desocupados, o barco parecia ter feito uma aliança com o mar e o vento, dispensando os gajeiros de quase todas as tarefas, como se ele próprio se encarregasse da viagem. E assim, dia e noite, o barco ia singrando, levado pelas asas do regresso, graças a uma bem-aventurada trégua com os elementos.

Certa noite, Eugène foi tirado do sono por um punho que lhe sacudia o ombro. Semi-acordado, entreviu, na claridade do candeeiro que queimava permanentemente no camarote, a fisionomia hilária do Nègre-Nicolas debruçado sobre ele.

Às voltas com uma excitação alegre, o cozinheiro lhe fazia sinal para se levantar o quanto antes e acompanhá-lo.

Eugène preferia dormir mais um pouco. Que diabos desejava aquele energúmeno em pleno meio da noite? Mas era dócil e obedeceria sem discutir até ao próprio grumete. Portanto, escorregou da rede e, cambaleante de sono, alcançou, no rastro do Nègre-Nicolas, a escada que levava à escotilha.

No pálido retângulo formado pelo recorte da tampa semi-aberta, notou que, contrariamente ao que acreditava, a noite já devia estar chegando ao fim.

Subiu os degraus da escada e surgiu no convés.

O Nègre-Nicolas o precedera; dançava de prazer. Com o ar triunfante de um artista que apresenta a própria obra-prima, mostrou-lhe, com um amplo movimento de braço que varria todo o horizonte, a aurora que surgia por cima do oceano.

De fato, o espetáculo era excepcional.

O céu, dividido entre a noite e o alvorecer, preto-azulado do oeste até o zênite, branco-perolado no Oriente, estava inteiramente tomado pela mais fabulosa arquitetura de nuvens que se podia imaginar. A brisa noturna que construíra esse gigantesco canteiro de obras de palácios, colunatas, torres e geleiras tinha-se ido, deixando tudo em desordem, numa imobilidade e num silêncio solenes que serviam de pedestal à aurora. A crista mais alta de um cúmulo descabelado pelo vento já estava sendo tocada por um pincel amarelo, primeiro farol do dia no frontão da noite que terminava, enquanto nas regiões mais baixas as nuvens ainda estavam mergulhadas numa penumbra difusa, perfurada por desfiladeiros, picos, formando fileiras de escarpas e precipícios azuis, campos de neve noturnos, correntes de lava violeta. Todo o céu estava possuído por uma energia contínua, parecia a presa de um caos imóvel, o teatro de um desabamento cristalizado; sobre o mar diáfano e sem rugas, tudo estava em suspenso, à espera do dia.

O Nègre-Nicolas, que espreitava impaciente a reação do camareiro, não se decepcionou: sob o efeito desse alucinante esplendor, que se oferecia tão repentinamente, Napoleão e Eugène viram-se por instantes reconciliados na violência de um êxtase que obliterou tanto o sonho de glória quanto a abjeta realidade.

O Nègre-Nicolas (que, aliás, era indiferente aos alvoreceres) estava muito satisfeito com o sucesso de sua iniciativa, e sobretudo sentia-se orgulhoso da própria perspicácia: entre aqueles gajeiros pelos quais só nutria desprezo, soube distinguir em Napoleão uma criatura de outra natureza — quase seu igual. Agora, via o diagnóstico se confirmar: o camareiro não se alimentava com o mesmo toucinho daqueles marinheiros ignorantes.

Radiante com a própria sagacidade, sem esperar pelo fim do espetáculo, desceu para a cozinha a fim de preparar o café da manhã.

O sol acabava de incendiar os maciços de nuvens. Enquanto os oficiais de quarto trocavam de turno e o cheiro do café matinal subia da cozinha, os gajeiros começaram a lavar o convés, provocando uma zoada de baldes e respingos de água.

...Os flamejantes mistérios do alvorecer se dissolveram na banalidade do dia iluminado. O céu, que pouco antes tudo invadira com seu caos solene, agora se tornara pálido e distante, reintegrara-se no lugar costumeiro e só ocupava metade da paisagem, sendo a outra preenchida pelo mar monótono que embala de má vontade o *Hermann-Augustus Stoeffer*. A união das nuvens que, no final da noite, escalaram o cume dos céus, desfizera-se. Os gigantes pintados com as cores selvagens da aurora murcharam, se evaporaram; restam apenas pequenos resíduos redondos e brancos, arrumados em fila indiana como carneiros pastando em cima da linha do horizonte.

O céu está puro, a brisa, suave. O *Hermann-Augustus Stoeffer* navega vagarosamente; uma adriça mal esticada bate contra o mastro.

O calor aumenta. O novo dia é apenas um dia de mar qualquer, azul e sem graça como os outros. Repetição banal de centenas de dias transcorridos, o novo dia já perdeu o viço.

Napoleão leva a bandeja do café da manhã para a sala dos oficiais. De súbito, sente-se sem forças; o fardo é pesado após aquela ferida do alvorecer. A cumplicidade do Nègre-Nicolas abriu uma brecha em sua cidadela.

Ele quer se livrar da dívida que tem com o cozinheiro; enquanto lustra os cobres do camarote do comandante, rouba dois charutos, pensando em dá-los de presente ao cozinheiro. Mas logo se envergonha do gesto: ele já chegou a esse ponto, ele que outrora podia, numa penada, autorizar a instalação de tabacarias?

2

Retorno a Waterloo

Ao largo de Bordeaux, numa fria manhã de primavera, um pequeno lúgar foi ao encontro do *Hermann-Augustus Stoeffer*, levando para o comandante uma mensagem dos armadores.

Logo a notícia se espalhou entre a tripulação: o brigue recebeu ordens de se desviar para a Antuérpia sem atracar em Bordeaux. Os marinheiros, que se alegravam por já estarem quase desembarcando, decepcionam-se ao pensar que a viagem ainda vai se prolongar uma boa semana.

Quanto a Napoleão, realmente ele está arrasado. Justo no momento em que ia afinal chegar ao porto, eis que a decisão de algum negociante vulgar, ditada pela cotação do melaço ou do índigo, vem atravessar seu caminho. Mas logo se refaz; não tem dúvida de que a mão oculta que tão infalivelmente o conduziu até aqui também saberá remediar esse absurdo contratempo. Com toda a certeza, pensa ele, neste exato momento alguém deve estar tomando providências para restabelecer a conexão na Antuérpia.

Infelizmente, ele ainda ignora a extensão do próprio infortúnio!

...Um desagradável vento nordeste soprou durante toda a última parte da viagem, obrigando o barco a fazer um cansativo ziguezague. Fazia frio, a tripulação que se mantinha constantemente no convés estava exausta e encharcada.

Até a entrada do Escaut, o *Hermann-Augustus Stoeffer*, que era um mau veleiro à bolina, levou nada menos do que dez dias, e esses dez dias foram mais sofridos para Napoleão do que os dez meses transcorridos desde a fuga. Sua resistência física, demasiadamente posta à prova, cedeu de repente. As antigas dores de estômago recomeçaram e durante mais de quarenta e oito horas ele não pôde ingerir nenhum alimento sólido.

As margens planas da foz do rio mal se delineavam no horizonte turvo de chuva. Ora o barco se aproximava de uma das margens, ora de outra, seguindo o invisível capricho das passagens só conhecido pelo piloto — um nativo de cabelo amarelo, vestido de veludo cotelê e calçando tamancos, como um fazendeiro.

Napoleão, que havia tantos longos meses aguardara com tamanha esperança aquele momento em que finalmente reveria sua terra, olhava com o coração apertado e entorpecido aquelas margens tristes e mergulhadas no cinza que não correspondiam a mais nada do que ele imaginara em seus sonhos de regresso. A aproximação dessa costa estrangeira lhe parecia um exílio recomeçado.

À medida que se avizinhavam do porto e penetravam mais entre as terras, o rio, ao encolher, deixava à mostra os detalhes das margens: e eram fazendas afundadas na lama, cujos colmos pretos se erguiam atrás dos diques; uma igreja de tijolos vermelhos; moinhos modestos. Esses campos baixos e encharcados faziam lembrar uma disforme Patagônia que, nos antípodas, se estendia como um deserto.

Napoleão olhava consternado o lento desenrolar da paisagem. Um cansaço infinito oprimia todo o seu corpo. Sentiu-se velho, e doente, e só. Tentando se aproveitar dessa imensa lassidão, um Eugène cínico e fraco cochichava-lhe palavras de abdicação.

O brigue atracou.

Nesse marasmo de chuva e cansaço, ele nem sequer reconheceu as docas Napoléon que inaugurara pessoalmente dez anos antes. Aliás, nesse meio tempo o local fora rebatizado com o nome de docas Guillaume, em homenagem ao rei da Holanda.

Não demorou a arrumar a mala: abandonava três quartos do que possuía, oleados, botas de mar etc., que não lhe seriam de mais nenhuma utilidade, e apenas pesariam inutilmente na bagagem.

Desceu a terra. Incapaz de pensar, somente repetia as últimas instruções que recebera dez meses antes, e nas quais, ao longo dos dias de mar, se apoiara toda a sua espera.

Mas o cais estava deserto. Nem sombra de algum chapéu alto. Nem sequer um barril.

Ele esperou muito tempo, andando de um lado para outro.

De vez em quando, um raro passante atravessava o cais. Cada aparição fazia-o estremecer. Ele ficava bem visível, espiava o rosto de cada recém-chegado na esperança de decifrar algum misterioso sinal de reconhecimento. Mas aquele operário apressado nem sequer levantou o nariz quando ele se aproximou. E aquela mulher esfarrapada que apanhava cascas de frutas entre os paralelepípedos, concentrada no seu trabalho, não prestou a menor atenção nele.

A chuva o expulsou para debaixo de um alpendre. O frio começava a trespassá-lo. Ali ele ficava, perdido e curvado como um papagaio de papel cujo fio arrebentou, e que, presa do vento, caiu casualmente no fundo de um terreno baldio, ignorado pelos passantes.

Assim, o fio que o guiara desde sua fuga havia arrebentado! Um único grão de areia enguiçara a máquina maravilhosa e precisa, cujas engrenagens cegas agora continuariam a rodar no vazio, para sempre inúteis, e doravante seria sozinho, e tateando, que Napoleão teria de desbravar o caminho rumo à aurora incerta do futuro...

* * *

Antes de fazer novos planos, devia primeiramente encontrar uma pousada onde pernoitar.

Já sem forças para uma longa marcha, escolheu a primeira pensão de família que encontrou, um estabelecimento de bom aspecto, situado numa ruela que se enroscava ao pé da catedral.

Já no vestíbulo, as plantas dentro dos cachepôs de cobre muito bem polidos e o carpete vermelho que levava à escada deixaram-no apreensivo quanto à conta — mas era tarde demais para voltar atrás.

Ao chegar ao quarto, um cômodo apertado que cheirava a cera, contou o dinheiro. Só dispunha do soldo de bordo, mas calculou que essa quantia modesta seria suficiente para pagar a viagem até Paris. Contudo, antes de empreender a última e decisiva aventura, tinha que recuperar as forças. Arriscando-se a diminuir seriamente seu capital, decidiu, pois, passar um ou dois dias de descanso nessa pensão burguesa.

Durante vinte e quatro horas, não saiu do quarto. Tanto quanto de repouso, precisava se isolar antes de se lançar nessa derradeira curva de seu destino.

Mas foi-lhe praticamente impossível ficar recolhido. A cidade estava em festa, ele não sabia por quê; pensou em se informar com a camareira que varria o quarto, depois esqueceu de perguntar. Afinal, que lhe importava?

Máscaras grotescas que escapavam dos blocos previstos para desfilar ao longo dos grandes bulevares iam às vezes se perder, em pequenos grupos saltitantes e engraçados, na parte baixa da ruela. Vez por outra ouvia-se o estrondo de fanfarras distantes.

Depois, no domingo à tarde houve um concerto de carrilhão na catedral — essa catedral, cuja torre mergulhava toda a ruela numa penumbra eterna, fechava o horizonte de sua janela como uma escarpa da qual ele só podia ver o pico. Durante três horas seu quarto ficou entregue aos sinos. Foi terrível. Os grandes bordões bombardeavam implacavelmente, entremeados de tilintantes cachoeiras de sinos mais leves. Seu quarto, a pensão, toda a viela tremiam sob esses enormes ferros sonantes. O espaço nada mais era do que uma bacia massacrada pelos ecos. Sentado na cama, Napoleão encarava, pasmo, as hortênsias pintadas do papel de parede, enquanto seu crânio rachava sob essa tempestade de bronze que martelava com vozes estrondosas e ridículos estribilhos.

Por último, na mesma noite uma Sociedade Artística e Literária foi comer mexilhões na sala de banquetes do primeiro andar. Mas as canções que acompanhavam a bebida não conseguiram mais atingir

Napoleão; este enfim mergulhara num sono sem sonhos.

* * *

Dois dias depois, o tempo clareou. Fazia bastante frio, mas o céu estava crivado de buracos azuis através dos quais o sol salpicava poças de luz sobre os muros e os telhados.

Napoleão, já se sentindo melhor, pagou a conta e pegou o coche para Bruxelas.

Quando se pôs a caminho, apesar dos sacolejos desse terrível caixote, invadiu-o uma nova energia só de pensar que estava indo para o Sul e que cada giro da roda o aproximava de Paris. Toda vez que o tempo melhorava, entre duas rápidas pancadas de chuva, o campo já lhe parecia mais risonho. O rio fúnebre da chegada assim como aquele limbo oceânico em que sua alma quase se dissolveu recuavam em sua memória, represados por um confortante horizonte de campos e bosques. Em meio a uma alegria de guizos, os quatro percherões do coche iam avançando num grande trote, e as rodas trovejavam em cima dos seixos redondos, enquanto os passageiros, em rápida velocidade, passavam em revista regimentos de álamos.

Chegando a Bruxelas, antes de tomar qualquer decisão quanto ao itinerário da etapa seguinte, foi matar a sede no hotel de la Poste.

Na hora de pagar o que consumira (um café com o gosto ácido da chicória que infelizmente iria despertar sua úlcera), seu olhar foi atraído por uma tabuleta colorida colada no espelho atrás do balcão. Esse aviso, visivelmente destinado aos turistas britânicos, estava escrito em inglês. Embora Napoleão não possuísse nem os mínimos rudimentos dessa língua, não lhe foi difícil adivinhar o teor: "Visit Waterloo & the Battlefield! Special Coaches, Interesting Prices for Groups! Take your Inscription Here!".

— O que deseja, cavalheiro? — perguntou-lhe a dona do hotel colocando no balcão uma caneca que acabava de lavar. — Ah, sim, Waterloo, sem dúvida, cavalheiro! Temos um grupo saindo amanhã de manhã, encontro às nove e quinze defronte da porta do hotel. Se quiser se juntar ao grupo, ainda podemos lhe reservar um lugar. Um florim e sessenta e cinco centavos ida-e-volta, consumações à parte; mas, se desejar, mediante um suplemento de quarenta e cinco centavos o senhor pode escolher o preço fixo que inclui um almoço no albergue du Caillou e a visita ao campo de batalha com guias qualificados... Reservo-lhe um lugar, cavalheiro? Deseja dar um sinal?

Ele jogou meio florim em cima do balcão.

A dona tentou colocá-lo também na visita guiada e no almoço, mas ele se negou terminantemente a fazer despesas extras. A parada em Bruxelas e essa excursão a Waterloo representavam uma despesa imprevista que ele devia compensar com uma economia mais estrita. Na manhã seguinte, muniu-se apenas de dois pãezinhos embrulhados num jornal; essas modestas provisões seriam suficientes para o dia.

O carro partiu na hora combinada. Dentro, amontoavam-se, além de Napoleão, seis ingleses e seis inglesas.

Lançaram-se numa boa velocidade pela estrada de Charleroi. O tempo estava excepcionalmente bonito para a época. Embora estivessem apenas em abril, o dia se anunciava ensolarado e quente.

As senhoras se extasiavam com as curiosidades da paisagem e os cavalheiros inspecionavam aquele campo com ares de satisfação, como se fossem seus proprietários.

Após uma hora de estrada, quando o cocheiro, apontando com a ponta do chicote um longínquo bulbo esverdeado que se sobrepunha a uma igreja de tijolos, anunciou "Waterloo!", uma alegre excitação tomou conta dos turistas.

Só Napoleão não participava desse entusiasmo. A suavidade daquela manhã de sol nos campos deixava-o vagamente enjoado. Uma estranha angústia o invadia.

* * *

A excursão fez uma primeira parada em Waterloo-l'Église para visitar a brasserie de l'Empereur, uma grande casa de fazenda instalada no meio do vilarejo e transformada em taberna dançante. Na fachada enrugada e tosca, caiada havia pouco, estava pendurada uma tabuleta: "Foi Aqui que o Imperador Passou a Noite que Precedeu a

Batalha. Visite o Quarto de Napoleão". E, em letras mais miúdas, seguiam-se um horário de visitas e os preços, prevendo descontos diversos para os Grupos, as Crianças Acompanhadas, os Militares e os Inválidos e Afins.

Os doze ingleses se enfiaram na taberna e subiram para visitar o quarto histórico.

Napoleão não os segue. É vítima de uma súbita fraqueza. O indefinível mal-estar que sentiu durante a manhã, ao ver aqueles campos risonhos onde às vezes a suavidade cinzenta de uma nuvem vem distraidamente pousar sua sombra sobre as colinas, transforma-se abruptamente numa certeza perturbadora: ele percebe, horrorizado, que contempla aquele lugar PELA PRIMEIRA VEZ!

Os ingleses descem.

Retomando o controle sobre si mesmo, ele entra, por sua vez, na casa da fazenda, atravessa o corredor lajeado, sobe a escada estreita que leva ao andar de cima.

O quarto de Napoleão está guarnecido com um mobiliário sumário e banal: cama de ferro, mesa de madeira sem verniz, cadeira de palha, cântaro e bacia sobre uma cômoda pintada. As paredes são forradas com um papel de guirlandas floridas em tom violáceo.

Com um único olhar ele abarca todo o aposento.

Lá embaixo, os cavalos relincham, o cocheiro conta os passageiros, vão partir.

Ele não pode se demorar mais tempo; em vão escruta esse quarto desconhecido que só lhe lança uma fisionomia inexpressiva com a qual seus olhos não estabelecem nenhum contato. Sai desabalado pela escada, com as pernas trêmulas, e encontra-se dentro do carro que logo se põe em movimento: a caminho do Mont-Saint-Jean!

— Mont-Saint-Jean, pedimos que todos desçam! — O cocheiro marca um encontro com os passageiros para a volta, esta tarde, às seis horas.

A volta? Napoleão não tem a menor vontade de voltar para Bruxelas! Não olhará mais para trás, sua decisão está tomada: atravessará, sem cambalear, esse segundo Waterloo debaixo dos incríveis sorrisos deste dia de primavera, vencerá esta prova difícil na qual se lançou tão imprudentemente, e, num só fôlego, pela velha estrada de Charleroi, seguirá seu caminho, direto para Paris, sem mais nenhuma pausa. Diante dessa súbita impaciência em ir em frente, em começar afinal a luta decisiva, ele se esquece completamente de que não pagou a conta do hotel em Bruxelas.

Dando as costas para o coche de turistas que o levou a essa curva do destino, pega uma das duas ruas do vilarejo, aquela que os doze ingleses não pegaram.

Passa, dessa vez sem titubear, defronte do café de la Grande Armée, que também exibe uma tabuleta tricolor: "Visite o Quarto de Napoleão! O Imperador Aqui Passou a Noite na Véspera da Batalha! Preços Especiais para Famílias e Escolas! Especialidades da Região de Gueuze. Os Visitantes Podem Trazer o Próprio Lanche".

Uma moça está parada na soleira da porta. Pergunta-lhe com o sotaque valão um pouco arrastado, cheia de entusiasmo e timidez: "O senhor não quer visitar o Quarto de Napoleão?". Visivelmente, os turistas ainda são bastante raros nessa época. Mas, doravante, que lhe importam as mentiras dos museus? Ele segue seu caminho, só o atrai a ondulação de prados e descampados que se avoluma lá no final do vilarejo: é dali que se descobre o imutável círculo da planície, é ali que ele tem um encontro marcado consigo mesmo!

Mas ali ele não estará sozinho.

Na beira do caminho ergue-se uma disforme cabaninha que tem, também ela, uma tabuleta anunciando: "Edmond, Veterano do Exército de Napoleão, Sobrevivente do Último Batalhão, Organiza Visitas ao Campo de Batalha. Marcar Hora". Com a barba desgrenhada, o proprietário do local, acocorado na soleira da porta, espera pelos visitantes que marcam hora.

Quando Napoleão passa, ele se levanta, ou melhor, reúne os cacos de sua pessoa (pois nesse momento percebe-se que lhe falta uma perna, que ele tem um braço seco e torto como um sarmento esturricado, que a orelha foi cortada pela metade, e que talvez até seja caolho, se não for apenas vesgo). Ele se levanta em cima de uma muleta amarrada com barbante e tenta acompanhar o passo de Napoleão. Este, sentindo pena de tais esforços, diminui a marcha para permitir aos horrendos restos dessa carcaça heróica segui-lo com menos dificuldade.

E assim os dois sobem a colina, o homenzinho pálido e o gaiato estropiado, estranha dupla gerada por um velho sonho de glória; quando passam, provocam vôos de codornas nos flancos das lavouras. Um cuco canta no bosque vizinho.

Quando chega ao ponto de vista que domina toda a planície, o Veterano Edmond inicia automaticamente sua lengalenga, sem esperar que lhe peçam. Há tanto tempo ele o repete que sabe o monólogo de cor, e indica os marcos históricos do panorama — a Papelotte, o albergue du Caillou, a Cerca Sagrada, o Caminho Furado — sem nem sequer se dar ao trabalho de virar os olhos para esses pontos, de tal forma está seguro do local onde ficam essas balizas imutáveis em meio ao oceano de pastos. Na planície só se mexem — e, ainda assim, tão pouco! — os grupos sonolentos das vacas; uma charrua com três cavalos atrelados, tão vagarosos que parecem imóveis, tricota, sulco após sulco, sobre a extensão de um alqueive cinza e amarelo, um novo campo negro.

Apesar do desgaste turístico que trespassa o discurso do Veterano Edmond, o ouvinte atento pode encontrar, sob as fórmulas convencionais e o floreio afetado, um autêntico eco da epopéia que esse homem simples deve ter vivido de corpo e alma. E que ouvinte ele encontrou hoje! Hipnotizado pelo homenzinho pálido, eis que o cicerone se afasta insensivelmente da recitação habitual. Com os olhos fechados, entrega-se por inteiro, põe-se a reviver toda a agonia do passado, desde o amanhecer até a noite: "Naquele dia, estava chovendo, chovendo como vaca que mija...". E, apesar do sol ameno e do canto obstinado de uma cotovia invisível que parece uma verruma pelas alturas do céu azul, como um médium ele convoca e desperta a alma verdadeira da planície. Diante dos olhos de Napoleão, o cenário enganador dos prados e dos campos, com suas vacas e a charrua que lavra no horizonte, entreabre-se como um cenário de teatro pintado em estilo ingênuo, para revelar a sombria realidade que continua eternamente a habitar atrás da cortina das aparências.

Num lusco-fusco tenebroso, sob um céu baixo, homens, cavalos e canhões se atolam novamente. Pelos campos arados e encharcados, eleva-se o grande ruído dos regimentos que avançam para a linha de frente, enquanto o canhão começa a rugir ao longe; e lá estão esses homens que marcharam a noite inteira, indo ao encontro do destino com uma lassidão de animais, e que, espantados, já descobrem no matagal os primeiros mortos...

...Mas em que momento essa visão, que até pouco se impunha com uma exatidão tão perturbadora, começou repentinamente a escurecer e a se fraturar? Bruscamente Napoleão se sente mais uma vez invadido pela mesma tonteira que teve de manhã dentro do quarto desconhecido.

O Veterano Edmond, passando por um autêntico transe, baba e vocifera, faz a muleta rodopiar, enquanto recomeça a relatar todos os horrores do dia prodigioso. Sob essa saraivada de palavras, Napoleão distingue apavorado a imagem de um OUTRO Waterloo que acaba de desmentir a evidência de sua memória e de sua razão. Não há mais nenhum ponto de referência da planície que não se deforme fantasticamente diante de seus olhos. O feitiço do Veterano Edmond arrasta-o para um turbilhão em que sua inteligência vacila e vai ser tragada. Num derradeiro esforço, ele se debate, de súbito se rebela e interrompe o cicerone implacável: "Mas não são os granadeiros que ocupam a Belle-Alliance, são os dragões!...".

O Veterano Edmond se cala na mesma hora. No silêncio que se estabelece de repente, os trinados da cotovia invisível voltam a tomar conta do céu azul.

Agora eles são apenas dois homens que passeiam ao sol, metidos numa discussão mesquinha, inútil e interminável sobre as posições do Grande Exército Imperial. Um e outro se obstinam. O Veterano Edmond, com um olhar oblíquo, tem a última palavra:

— Mas eu estava lá!

Napoleão muda de assunto:

— Alguma vez o senhor viu o imperador? — pergunta à queima-roupa.

Mansamente, quase gracejando, o Veterano Edmond o encara e franze um olho malicioso:

— Claro! Como estou vendo o senhor!...

Depois, recomeça, subitamente quase com raiva, e como se quisesse demonstrar todo o seu desprezo por esse interlocutor insignificante que, minutos antes, tivera a petulância de contradizê-lo:

— O imperador era jovem e bonito como um deus, o senhor nem imagina! — Levanta os olhos e contempla uma visão celeste: contra o céu azul, entre as nuvens, ele o revê no cavalo branco que avança para a linha de frente das tropas, enquanto a linha dos fuzis e dos colbaques treme e se anima numa ondulação unânime como os campos de trigo agitados pelo vento, e mil gargantas roucas de fumaça e de entusiasmo rugem uníssonas: "Viva o imperador!".

Mas logo em seguida volta os olhos para o chão, seu rosto que se mexe fica quase repugnante, e ele acrescenta entre os dentes:

— Napoleão, cá entre nós, era um vampiro, seu sustento era o nosso sangue. O senhor tinha de vê-lo nas noites de batalha, os mais duros veteranos da Guarda choravam de exaustão, e ele passava entre nós, viçoso como uma rosa, olhava os feridos e os mortos e chafurdava no sangue, era daí que tirava sua energia. Olhe o que me aconteceu, ele me levou um olho e me arrancou uma perna. Vejo que o senhor é um homem experiente, não é um desses turistas que se alimentam de chá morno e pepinos, será que o senhor não foi militar? Pois bem, vou lhe mostrar meus ferimentos! Não mostro a qualquer um, não! Há sempre ingleses dispostos a dar uma gorjeta para ver minhas feridas, mas eles, pois sim! não têm nada a ver com isso! Ao passo que entre o senhor e mim não é a mesma coisa, entre nós estamos em família e não fazemos cerimônias!

Enquanto conclui sua lengalenga, começa a desenfaixar o cotó embrulhado pela perna da calça vazia, franzida sobre si mesma e presa por um grande alfinete de fraldas todo enferrujado. Executa esse ato de desembalar com jeito profissional, fazendo pequenos gestos rápidos que lembram um ritual para iniciados e são um tanto promíscuos. Mas, ao levantar o nariz ao final dessa operação, percebe que já faz um bom momento que seu cliente deu meia-volta e está descendo a colina que leva ao vilarejo.

— Ei! não vá embora, ei, amigo, espere um instante!

Pulando em cima da muleta, logo se lança no encalço do outro. É só na entrada do povoado que finalmente consegue, dando um mergulho desesperado, agarrar Napoleão pela aba da sobrecasaca.

Napoleão se vira e o encara com uma fisionomia impassível.

Qualquer outro recuaria diante do furor frio do homenzinho amarelo. Mas o Veterano Edmond sustenta o olhar, sem piscar, e passa ao ataque:

— E então?... — diz com voz arrastada e marcando bem a última sílaba, num tom familiar e crapuloso.

— Então o quê? — retruca secamente Napoleão, um pouco atrapalhado com a audácia do outro.

— Então o senhor vai fugindo assim e se esquece do guia?

Napoleão joga-lhe uma moeda de cinco vinténs. O aleijado enfia-a no cinto com ar de arrogante displicência, dá meia-volta em cima da muleta e, sem olhar para trás, sai de cena.

* * *

Napoleão sente sede. Vai se instalar no café de la Grande Armée, debaixo do caramanchão.

A moça de há pouco vem servi-lo.

Alguma coisa, pensa ela, diferencia esse homem, no entanto de aparência modesta, dos clientes que costuma ver no estabelecimento. Ao pedir uma cerveja, ele mal a olhou. Toda a sua atitude transpira uma espécie de imperiosa cortesia que ao mesmo tempo a intimida e a encanta.

Ele come um pãozinho que tira do bolso, como um pobre. Entretanto, ela percebe muito bem que, é mais que evidente, não há nada em comum entre ele e esses turistas sovinas que, para economizar uma refeição, trazem os próprios sanduíches. Ela tem horror a esses turistas, mas dessa vez não é a mesma coisa, de jeito nenhum — e ela não sabe muito bem por quê. Pensativo, ele corta o pão com as mãos brancas, com gestos enternecedores.

Ela lhe traz um prato e uma faca para que ele possa comer o pão segundo as regras de boas maneiras. Dá uma volta ao redor de sua mesa, bem que gostaria de entabular uma conversa.

— O senhor visitou o quarto... — Mas de repente lembra-se que há pouco já lhe fez esse convite, quando ele passou por ali pela primeira vez, e tem medo de que o homem interprete mal sua intenção, e desconfie que ela quer forçá-lo a gastar, ou acredite que indiretamente deseja envergonhá-lo por consumir tão pouco. Só de pensar que ele poderia se enganar a seu respeito, a moça enrubesce violentamente e logo se refaz: — O senhor visitou o campo de batalha?

— Estou voltando de lá.

— Ah, se eu soubesse, poderia tê-lo guiado!

— Obrigado. Na verdade, deparei-me com uma espécie de cicerone, um ex-militar que...

— Ah, não! não vá me dizer que é Edmond!... Mas Edmond é um farsante! E ele lhe cobrou? Quanto pediu, esse velho safado? Devo lhe dizer uma coisa, ele passa o tempo a intimidar os turistas com sua perna a menos! Conta para as pessoas que foi uma bala de canhão que lhe arrancou a perna, e chega até a mostrar aos turistas um velho mosquete todo enferrujado, de cor púrpura por causa do sangue, conforme diz, que esconde em sua cabana. Ele lhe mostrou isso, não mostrou? Não acredite nele, é tudo mentira, mas a nós ele não nos pega mais. A verdade é que, numa noite em que estava bêbado como uma gambá, caiu numa vala e sua perna ficou tão ferida que, no final, os vermes a atacaram e ele teve de ir ao algebrista de Maransart, que a amputou. E desde então diz para os turistas que perdeu a perna na batalha! O Veterano Edmond! Ha! Ha! — como uma menina de escola, ela cai na risada, tapando a boca com a mão — ele é um grande mentiroso, sabe?

— É exatamente o que eu pensava — responde Napoleão, na maior tranqüilidade do mundo, e, mudando de assunto, indaga como pode chegar à França. Ela informa que a mala-posta de Charleroi passará por volta das quatro horas. Ele poderá, comodamente, pernoitar em Charleroi e, dali, pegar na manhã seguinte a carruagem da fronteira.

Depois de terminar o segundo pãozinho, estica as pernas e fecha os olhos. Tem tempo de sobra para fazer uma pequena sesta à sombra do caramanchão.

Ele devaneia. Sempre tivera essa inabalável convicção de que todos os acidentes de sua vida, mesmo os mais difíceis ou os mais corriqueiros, deviam necessariamente contribuir de um jeito ou de outro para a elaboração ativa de seu destino. Não tem dúvida de que a estranha peregrinação desta manhã também faz parte dessa misteriosa engrenagem, cujo significado obscuro, por enquanto, ele desiste de sondar. Talvez devesse se lembrar, aqui, da sombra inútil de um passado que lhe escapa, para melhor descobrir que o único Napoleão verdadeiro é, doravante, aquele que o aguarda no encontro marcado com o futuro — em Paris, em Paris!

3
UM INCIDENTE NA FRONTEIRA

A carruagem está andando, está andando há horas. Já estava andando na manhã clara, que despertava os trinados dos pássaros, depois atravessou, retumbante, a quietude do meio-dia, concedendo aos viajantes apenas vinte minutos de pausa numa sala de albergue repleta de silêncio e de moscas. Andou a tarde inteira, e eis que o frio repentino do crepúsculo lembra aos passageiros que a tepidez do dia transcorrido fora apenas o capricho de uma primavera precoce.

Em volta de Napoleão, calmo e concentrado como uma rocha, esvai-se num sussurro a torrente da viagem. Sucessivamente, seus companheiros de viagem acenderam charutos, entabularam conversas, abriram jornais, destamparam frascos, descascaram ovos cozidos, cortaram salaminhos, tiraram sobretudos, desataram lenços, desabotoaram coletes, desfizeram-se de roupas íntimas de flanela, fizeram confidências, trocaram piadas fortes, criticaram o governo, deram detalhes fisiológicos sobre o estado de saúde de cada um; finalmente, sob o efeito do sereno, progressivamente se abotoaram; alguns já estão cambaleantes de sono, enterrados até o pescoço dentro dos capotes, enquanto a noite escura invade os campos.

Insensível ao frio como ao calor, às volúpias do tabaco como às das conversas fiadas, Napoleão manteve-se na sua rotina de pão dormido e de sonho acordado. Bem longe e bem adiante dos quatro cavalos, cujo galope monótono martela o calçamento e as horas, sua imaginação voa à frente do futuro, rumo a Paris, rumo a Paris!

* * *

— Fleurus! Brigada Volante da Gendarmaria, inspeção dos passaportes!

O colbaque de um granadeiro da Gendarmaria Real, crestado pela geada, enquadra-se na portinhola, todo aureolado de vapor sob a lanterna da carruagem. Só seu rosto avermelhado de frio e o distintivo de seu colarinho, que reflete um brilho dourado, emergem do breu, da noite negra que caiu sobre todo esse descampado como a tampa de uma caldeira.

Os viajantes esticam as pernas, se sacodem e ficam arrepiados, encolhendo os ombros sob essa lufada de frio e de silêncio. Julgavam estar a mil léguas de qualquer sinal de vida; contra a parede do coche ouve-se apenas o ruído tranqüilo dos cavalos que bufam, um bridão que tilinta, uma ferradura que arranha.

O nariz do gendarme se afunda nos documentos amassados que lhe entregam. Um charuto apagado, reacendido por um fumante teimoso, espalha seu fedor.

— Lenormand, Eugène Lenormand, quem é? — pergunta o gendarme agitando um passaporte na mão.

Os passageiros começam a se olhar mutuamente, desconfiados.

— E então? Lenormand? — impacienta-se o gendarme.

O insignificante passageiro de sobrecasaca cinza estremece de repente, como alguém que dormia e finalmente despertou. Esse ligeiro tremor basta para que ele se transforme de imediato no alvo que preocupa os burgueses rabugentos. Eles o identificam mais depressa do que ele próprio: "Ora, ora, o senhor não está ouvindo que monsieur le Gendarme o chama? O que está esperando?". Todos os olhares peremptórios convergem em sua direção: convém acreditar.

— Desça — diz o granadeiro —, siga-me.

Suas pernas estão entrevadas, e a muito custo

ele abre passagem até a portinhola, entre duas fileiras de rostos que cochicham. O gendarme ajuda-o a descer.

A carruagem parte novamente. O coto de vela amarelo que está pendurado na traseira estremece a cada calombo da estrada, depois desaparece, apagando de repente numa curva do caminho.

Como um cego, Napoleão se deixa conduzir até o posto da Gendarmaria, uma casinha à beira da estrada, quase escondida atrás de uma cerca. Um cachorro late no escuro; ouve-se sua coleira raspando numa tábua.

Dentro do posto, dois gendarmes fumam cachimbo perto de um fogareiro de ferro. Um sargento em mangas de camisa está sentado atrás de uma mesa de madeira tosca. Tem cara de meirinho e é calvo. Suas botas estão jogadas num canto, ele está de chinelos. No peitoril da janela, o inevitável vaso de gerânios. Pensando bem, a não ser pelo cheiro de fumo e de meias a sala tem uma aparência mais burguesa do que policial.

— Sargento, pegamos o homem! — anuncia o granadeiro com voz jovial.

O Homem: assim o chamavam, trêmulas, todas as cabeças coroadas da Europa, como se as quatro sílabas de seu nome fossem uma trovoada cujo ronco seria suficiente para abalar aqueles tronos...

— Eugène Lenormand, acusado de ter dado calote. Foi embora do hotel Au Rendez-Vous des Namurois, na rua du Théâtre, em Bruxelas, sem pagar a conta. — O sargento lia num tom administrativo um documento colocado à sua frente, em cima da mesa. Pôs o dedo na última palavra e virou os olhos para o acusado, enquanto o granadeiro se aproximara do fogareiro, e, muito contente, aquecia as costas levantando as fraldas da túnica.

Delito banal, detido sem importância, os outros gendarmes bocejavam. Só o sargento prosseguia seu exame escrupuloso. Napoleão e ele se encararam em silêncio durante um longo momento.

— Vamos levá-lo a Charleroi amanhã de manhã — retomou finalmente o sargento com sua voz neutra. E enfiou na gaveta da mesa os documentos do acusado que o granadeiro tinha lhe entregado ao entrar. — Por esta noite, você o colocará com o Louis — acrescentou o sargento dirigindo-se ao granadeiro.

Napoleão não havia proferido uma só palavra. O granadeiro fez-lhe um sinal para acompanhá-lo; viram-se na noite fria. Ao contornar a pequena casa, passaram para trás da cerca. Um cachorrão pulou para fora da casinha, esticando a coleira; ia recomeçar o concerto de latidos, mas, diante de um gesto do granadeiro, o animal se enfurnou no abrigo, rosnando.

Atravessaram o pomar dos gendarmes e chegaram a uma espécie de galpão — provavelmente algum antigo depósito de ferramentas. O granadeiro destrancou a porta e fez Napoleão entrar. No breu, indicou-lhe uma cama — um estrado de tábuas em cima do qual Napoleão sentiu a espessura áspera de um cobertor dobrado.

O granadeiro se retirou e Napoleão o ouviu fechando um cadeado pelo lado de fora.

Napoleão se sentou no estrado, enquanto habituava os olhos à escuridão, mas só foi capaz de distinguir a pálida luminosidade de uma pequena lucarna na parede à sua frente.

A temperatura estava relativamente amena nessa cabana hermeticamente fechada, onde pairava um cheiro fraco e enjoativo de curral.

Ele estava se preparando para explorar o local, tateando, quando de súbito percebeu a presença de um hóspede desconhecido: no canto mais à sombra, a poucos passos dele, ouviu um barulho, como alguém que dormia pesado e se virava numa esteira de palha. Napoleão evitou fazer o menor movimento. O outro continuava a se agitar levemente em cima da palha, suspirou duas ou três vezes, um enorme suspiro, como um cachalote que vem à tona, e depois pareceu mergulhar num sono obscuramente profundo.

"É Louis", pensou Napoleão, lembrando-se da frase do sargento. Mas quem, afinal, era Louis? Um carcereiro ou um outro preso? Um vagabundo, um bêbado? Ou talvez não fosse um homem, mas algum imenso animal, um boi, quem sabe? Na dúvida, resolveu ficar quieto, e, sem fazer barulho, deitou-se em cima do estrado. Não se despiu, contentando-se em afrouxar a gravata. Cobriu-se com o grande cobertor e, deitado de costas, esperou pelo sono.

O sono não vinha. Seu corpo estava moído de

cansaço, mas seu pensamento, que permanecia em plena efervescência, continuava a refletir todas as luzes, como um candelabro esquecido numa casa deserta.

Com os olhos arregalados, ele sondava a escuridão da choupana. Virando ligeiramente a cabeça, percebeu que o vão da lucarna salientava mais ainda sua brancura macilenta. Estaria a lua alta no céu? Ou estava geando?

Ele calculava, febrilmente. A conta do hotel — como era mesmo o nome desse hotel desgraçado? alguma coisa a ver com Luxembourgeois?... —, a conta do hotel, ele a pagaria, e a multa, e tudo o que quisessem; não lhe sobrava muito dinheiro, mas o problema não era esse. O que o apavorava é que haveria um controle de identidade, e jamais seus documentos, grosseiramente falsificados, resistiriam a um exame, por menos atento que fosse. Que destino! Cruzar oceanos e escalar montanhas, incessantemente, e tudo isso para escorregar numa poça ou tropeçar num formigueiro...

Nesse momento, mais uma vez Louis se mexeu levemente em cima da palha.

...Que destino! Soçobrar tendo o porto à vista, concluir sua epopéia aqui, nessa espécie de coelheira belga, ao lado de um... ao lado desse... — mas, diachos, quem era esse Louis? O misterioso vizinho readormecera sem emitir sons capazes de revelar sua identidade. Mas amanhã ele saberia quem era essa criatura — e, aliás, que lhe importava esse absurdo companheiro?... Finalmente o sono o levou.

* * *

Quando abriu os olhos, a luz cinzenta que precede o dia enchia o casebre. Recostando-se na cama, descobriu, perplexo, que a porta estava aberta. A cabana era muito mais exígua do que ele imaginara. Um dos cantos estava ocupado por um monte de ferramentas de jardinagem enroladas em teias de aranha, e por um grande guarda-sol de jardim que os pombos haviam salpicado de excrementos. Num outro canto havia uma esteira de palha em cima da qual estava atravessada uma cobertura de cavalo de um vermelho desbotado. O teto baixo era feito de tábuas desconjuntadas e formava um sótão onde se ouviam os pombos andando a passinhos miúdos, arrulhando.

Napoleão se levantou cautelosamente; suas pernas estavam entorpecidas; o frio deixou-o arrepiado. Hesitava em sair. Aquela porta aberta não esconderia alguma armadilha?

Quando já estava se decidindo a tentar sua sorte, uma personagem que, visivelmente, só esperava esse gesto para entrar em cena surgiu de repente na cabana.

Era o sargento. Parecia tão exaltado que seria difícil reconhecer em seu rosto transfigurado o parvo funcionário da véspera.

Lançou-se para cima de Napoleão, afundou um joelho na terra e, agarrando sua mão, beijou-a articulando com voz embargada: "Majestade! Majestade! Finalmente o senhor voltou!".

Após um primeiro gesto de surpresa logo reprimido, o imperador, muito seguro de si, colocou, benevolente, a mão no ombro do sargento e o levantou.

Durante um longo momento os dois homens se encararam em silêncio. Em cima de suas cabeças, os pombos continuavam com seus passinhos tranqüilos.

Reconhecimento perturbador! Minutos inesquecíveis! Emoção inefável!

Quantas vezes, nesses sonhos de volta, Napoleão imaginara cenas semelhantes! No fundo, sua única surpresa era descobrir como essa cena era tão idêntica a tudo o que ele havia concebido previamente, a tal ponto que quase lhe parecia vivê-la pela segunda vez.

Com voz sussurrante e aos tropeços, o sargento se atrapalhava em desculpas: por essa noite, tivera de alojar seu soberano de maneira indigna, mas fora o único jeito de garantir sua segurança e protegê-lo contra qualquer curiosidade indiscreta da parte dos outros gendarmes. Quanto a estes, desde o alvorecer ele os enviara para patrulhar a estrada de Fleurus. Assim sendo, por ora os dois estavam sozinhos, mas não tinham um minuto a perder.

Ele arrastou Napoleão para o posto da Gendarmaria deserto, o fez engolir às pressas um grande caneco de café, e enfiou no bolso de sua sobrecasaca a metade de um pão, dois ovos cozidos e um pedaço de queijo para a viagem.

— Vou fazer com que o senhor cruze a fronteira

por atalhos transversais. Vou deixá-lo no caminho para Valenciennes, e ao voltar explicarei aos homens que o levei pessoalmente à prefeitura de Charleroi. Quanto ao processo enviado de Bruxelas, será arquivado: basta dar sumiço na ocorrência da sua detenção. Aqui estão os seus documentos. Agora, vamos para a estrada o mais depressa possível.

Enquanto estavam na estrada principal, por medida de segurança o sargento fez Napoleão andar à frente de seu cavalo, como convém a um gendarme que está conduzindo um acusado.

Depois, pegaram um atalho. O sargento pôs Napoleão na garupa, e venceram duas boas léguas em grande velocidade, seguindo por trilhas esburacadas, cortando caminho pelos prados onde as vacas sequer se assustavam com sua passagem, margeando as terras aradas, e evitando os raros vilarejos, graças ao abrigo constante dos grandes bosques que aqui e acolá se espalhavam por essa região.

Finalmente, o sargento parou o cavalo no alto de uma colina coroada de álamos. A seus pés, partia um caminho estreito para carroças, formado por duas margens de um matagal maltratado que acompanhavam vagarosamente a curva da colina e desciam para a planície. No lusco-fusco do alvorecer entrevia-se uma vasta região onde, bem ao longe, um ou dois povoados com alguns campanários desenhavam massas azuis.

O sargento pulou para o chão e ajudou Napoleão a descer do cavalo. O animal exausto e soltando fumaça pelas ventas bufou ruidosamente e depois começou a comer o capim à beira do atalho.

A aurora ia se transformar em dia.

— Majestade, o senhor está na França!

Por instantes, Napoleão deixou que seus olhos vagassem por aquela imensidão cinzenta e suave. Não havia nem um sopro de vento. A corrida havia-o aquecido. Ele se virou para o guia que, respeitosamente, mantinha-se dois passos atrás.

Mil discursos embargavam a garganta do gendarme. Nunca, mesmo em seus sonhos mais alucinados, ele imaginaria que, um dia, poderia ter um semelhante tête-à-tête com o seu imperador. Esses minutos inefáveis fugiam num turbilhão e já lhe escapavam sem que lhe tivesse sido dada a oportunidade de descarregar a abundância de sentimentos que enchiam seu coração.

Quanto a Napoleão, para falar a verdade, nesse momento seu espírito estava fixado, um tanto contra a sua vontade, numa pergunta tão inútil que ele mesmo se irritava: quem, afinal, era Louis? Afastando essa tola obsessão que combinava tão mal com o caráter solene da ocasião, ele finalmente perguntou:

— Como é mesmo o seu nome, meu bravo rapaz?

— Bommel, Justin Bommel. Ex-segundo-sargento do I Regimento de Infantaria dos Departamentos do Norte. Eu estava em Waterloo... quase... — acrescentou, gaguejando.

Se não esteve em Waterloo, seguramente não foi por culpa sua: os recrutas do Norte, mobilizados às pressas, chegaram tarde demais para participar da ação. Napoleão sabe de tudo isso, e de muitas outras coisas mais; no rosto desse homem simples ele lê, como num livro aberto, uma vida inteira de esperanças frustradas e de fidelidade obstinada. Este é realmente um dos seus! Ele grava o nome do homem na memória; dele também, um dia, saberá se lembrar.

Uma inspiração atravessa o espírito do gendarme, repentinamente loquaz:

— Em Paris, o senhor poderia ir encontrar meu amigo, o segundo-sargento Truchaut, Alexandre Truchaut, beco dos Chevaliers-du-Temple. É um dos seus fiéis. Vive modestamente, com a metade do soldo; para os burgueses, não passa de um pobre coitado, e por isso não chama atenção. Uma razão a mais para o senhor estar em segurança na casa dele. Seguramente Truchaut saberá onde hospedá-lo. Além disso, em Paris ele conhece todos os veteranos do Exército Imperial...

Ele pára de falar, de súbito assustado com a própria audácia. Desde quando a Águia precisa de pardais que a ajudem a construir o ninho? Não era grotesco e petulante imaginar, mesmo por um instante, que Napoleão pudesse precisar do auxílio desses Bommel e desses Truchaut? Embaraçado pelo sentimento da própria indignidade, o bravo rapaz já se esquecia de que, se o imperador acabava de escapar de um naufrágio belga e definitivo, era unicamente graças à sua intervenção! Mas Napoleão, que, de seu lado, julgava a situação com mais lucidez, longe de se ofender com a ingênua solicitude, anotou cuidadosamente o nome e o endereço do segundo-sargento Truchaut.

Não havia tempo a perder, agora eles precisavam se separar.

Os pardais se esganiçavam nos espinheiros das valas. No Oriente, o céu estava verde-claro. Uma lua crescente ainda estava pendurada no céu, esquecida, bem em cima dos campos negros.

O sargento quis fazer uma saudação militar, mas, com um gesto magnânimo, Napoleão abriu os braços e lhe deu um abraço.

O sargento montou no cavalo. Napoleão acompanhou com os olhos a silhueta do cavaleiro até que ela desaparecesse no outro lado da colina, e em seguida assestou o olhar para aquele horizonte distante onde as brumas da aurora começavam a se desfazer.

Assim, ele estava na França!

Coisa estranha — efeito do cansaço ou da ausência de testemunha —, ele procurou inutilmente dentro de si um gesto de emoção apropriado ao momento. Mas, vinda desse coração árido, tal decisão assumiu um aspecto ainda mais terrível e cruel.

Ele urinou, pensativo, contra uma estaca da cerca, endireitou cuidadosamente a roupa que a cavalgada do alvorecer deixara totalmente amarrotada, e desceu a passos largos para a planície.

4
MELANCIAS E MELÕES DA PROVENÇA

Em Paris, a primavera estava avançada, e por toda parte os brotos dos plátanos e dos castanheiros já começavam a florir, formando borlas verde-claras.

Nesse dia glorioso, o beco dos Chevaliers-du-Temple tinha aparência quase campestre.

Essa ruela, que só era calçada na primeira metade do percurso, terminava, lá embaixo, perdida no meio do mato e dos espinheiros de um terreno baldio que lembrava um grande jardim selvagem.

Na última casa do beco, que ficava isolada à beira dessa espécie de mata cerrada, onde já zuniam os marimbondos, havia uma tabuleta pintada em letras grandes: "Importação de Melancias & Melões da Provença".

Uma carroça vazia descansava diante da porta, de pernas para o ar.

Este lugar devia ser freqüentado raramente, pois, naquele fim de tarde, a chegada de um forasteiro causou uma agitação considerável entre as poucas galinhas que cochilavam em cima do carrinho de mão.

Ao aproximar-se da casa, o visitante, que tinha a vista curta, percebeu afinal que, acima do letreiro pintado na parede, havia algumas palavras traçadas em letras mais miúdas, cuja leitura lhe provocou um gesto de surpresa: "Viúva Truchaut e Sócios".

Ele ficou imóvel e, com a cabeça baixa, pareceu mergulhar numa profunda reflexão. Ou, quem sabe, apenas retomava o fôlego? Conquanto o forasteiro não tivesse bagagem, seu sobretudo amassado e suas botas cobertas de poeira pareciam indícios de uma viagem longa e cansativa.

Ele lançou um olhar inquisidor ao redor, e após um instante de hesitação subiu os quatro degraus de pedra que formavam um patamar.

A porta não estava fechada; da fresta escapava um perfume de fruta madura, gostoso como uma lembrança de verões distantes.

Com o punho fechado, o visitante bateu na porta, duas batidas sonoras. Após um instante de silêncio, ouviu um arrastar de chinelos no piso, depois a porta se escancarou, deixando à mostra uma mulher de rosto jovial; tinha cerca de quarenta anos, era alta e nada feia; mais exatamente, um vigoroso resto de juventude e um grande ar de bondade faziam-lhe as vezes de graça. Ela analisava o forasteiro com certo espanto.

— Eu... estou chegando de uma longa viagem, e pensava encontrar aqui o segundo-sargento Truchaut; mas acabo de perceber na entrada o, ahn, a indicação de que...

— Ah, sim, cavalheiro, meu pobre Truchaut! Já vai fazer dois anos que ele morreu, o pobre homem! — diz a viúva com um forte sotaque do Sul. — O senhor era um de seus amigos? Um militar, talvez?

— Não o conheci pessoalmente, mas tínhamos amigos comuns, antigos companheiros do Exército Imperial. Mas não me apresentei: Lenormand, tenente da artilharia.

— Entre, por favor, entre, não vamos ficar assim na soleira da porta. O senhor parece que fez uma longa viagem. Ah, meu bom Truchaut, o pobre homem tão querido, como ficaria feliz em vê-lo! Nos tempos que correm, já não há muitos que permanecem leais e orgulhosos de terem servido o imperador! Ao contrário, escondem-se, tão apressados que estão em correr atrás de uma prebenda aqui, uma pensão acolá... Ao passo que Truchaut era um puro, um homem de ouro! Andava por todo canto exibindo sua condecoração, nós o enterramos com ela. Antes morrer de fome, dizia ele, do que abandonar o imperador. É que acreditava na volta do imperador, eram uns poucos, sabe? uns desesperados, ah, esses corajosos que não desistiam! E quanto a essa história de morrer de fome, quanto a isso, posso lhe garantir que ele realmente morreu de fome, ou quase. Para os que se recusam a curvar a espinha, não é o comércio de abóboras que os sustenta, sobretudo nesses tempos de miséria. Tanto mais que, para falar com toda a franqueza, os negócios não eram seu forte. E, além disso, ele queria se devotar à sua missão, como dizia, a política o ocupava inteiramente, a ele e a seus amigos, o senhor vai conhecê-los, vou apresentá-los, o médico-major Lambert-Laruelle, o quartel-mestre Maurice e os outros, sempre no café Trois Boules. Ao vê-los, o senhor iria pensar que vivem de renda, sempre a jogar bisca. Faça de conta que eu não disse nada, mas, cá entre nós, acho que eles estavam conspirando. Mas sou uma mulher, sou mulher de soldado e sei ficar no meu lugar; Truchaut não era falante, e não era eu que ia lhe arrancar alguma coisa do bucho. Quando ele voltava do Trois Boules, com ar preocupado, eu sequer me atrevia a lhe falar do negócio e aborrecê-lo com minhas histórias de final de mês, de prazos para pagamento e tudo o mais. Entretanto, só Deus sabe como em certos dias eu teria me sentido tremendamente aliviada se pudesse abrir meu coração e lhe contar que os negócios não estavam andando bem. Pois sou eu que cuido dos negócios. Um pequeno comércio que montei assim, de improviso; meus primos são agricultores em Avignon. Trazemos para Paris os primeiros legumes e frutas da estação, e tentamos escoá-los por aqui. Em princípio, a coisa deveria funcionar bem, mas o que se há de fazer? estou só para tocar todo o negócio, não tenho experiência, e não posso enfrentar tudo sozinha, sem contar as crianças e o resto. Meu Truchaut não tinha vocação para ser quitandeiro, era um homem dotado, tinha idéias, era um pensador, um político, se o senhor preferir. E que orador! Às vezes, o senhor tinha que ouvi-lo, à noite, quando me sobrava tempo eu ia buscá-lo no Trois Boules. O senhor tinha que ouvi-lo, tinha que vê-lo! Ah, era uma beleza! Tome cuidado, Truchaut, diziam-lhe, não fale tão alto, cale a boca, chega, sabe-se lá se tem informantes por aí, diziam-lhe para se calar, mas ao mesmo tempo queriam ouvi-lo mais, e, aliás, ele não se deixava intimidar. Calar-se! Pois sim! Intrépido, ele gritava cada vez mais alto, e todos ficavam a escutá-lo, eles o teriam escutado a noite inteira. Mas, depois disso, quando voltávamos para casa, ai de quem fosse lhe falar de abóboras! Por mais que eu me dissesse: dessa vez não há mais nada para cortar, preciso lhe falar sobre a fatura dos Bongrain, e sobre a mercadoria que estragou no caminho... mas eu não podia, pois esse homem tinha uma missão, como lhe disse. Infelizmente, ele morreu, e seus companheiros não são mais tão jovens assim, aliás, não tinham a mesma vitalidade do meu Truchaut, quando ele se foi, os outros se sentiram muito abatidos; meu comércio está praticamente arruinado e o imperador continua na sua ilha desgraçada, ah, que tristeza! mas não é por isso que o mundo vai acabar. Você aí, vá embora! — Com as costas do braço, ela enxotou uma galinha marrom que, empoleirada em cima da mesa, bicava uma casca de fruta esquecida. — Mas estou falando, falando, e nem sequer lhe ofereci uma cadeira, onde é que estou com a cabeça? Fique à vontade, a casa é sua. O senhor deve estar com sede. Não há mais nada em casa, mas quando não há mais nada ainda há uma pequena jarra de vinho rosé fresco, vou buscá-la na adega.

Ela desceu para a adega.

Napoleão se jogou num tamborete e deu um olhar circular pelo local: a sala, alta e arejada, tinha dimensões espaçosas que a faziam parecer ainda mais nua. O chão era revestido de grandes ladrilhos azuis, rachados e desiguais, e a mobília se resumia a uma mesa comprida de madeira tosca, alguns tamboretes e um baú. Num canto, empilhavam-se umas arcas de ferro, dois ou três caixotes e uma grande mala de vime. No canto mais escuro, alinhavam-se duas dúzias de melões colocados diretamente sobre os ladrilhos, e que espalhavam seu perfume de sol. Contra a cor cinza das paredes desguarnecidas, delineava-se em branco a silhueta de toda uma mobília fantasma, retângulos variados de armários desaparecidos, bufês invisíveis, e até mesmo a forma oval daquilo que deve ter sido um grande espelho; tudo isso provavelmente havia desaparecido sob o martelo do leiloeiro, após alguma penhora de um oficial de justiça.

A viúva Truchaut, que subia da adega, retomou seu discurso de um só fôlego, antes mesmo de surgir no vão da escada. Há muito tempo devia estar privada de ouvintes:

— E depois ele teve de ser posto diante dos fatos, quando já era tarde demais. Já andava doente, o fígado, o estômago, nada mais funcionava direito, sem contar a bala alojada nos rins, da qual ele nunca se restabeleceu. Era um temperamento de lutador, Truchaut; havia tempo que a carcaça já não agüentava, mas esse homem se dominava, o espírito comandava tudo. Que ardor! No fundo, era um grande idealista, como dizia o médico-major Lambert-Laruelle. Ele tinha o diabo no corpo. Mas queimou a vela pelos dois lados. E depois, quando a saúde finalmente cedeu, puff, em poucos dias estava tudo acabado. Numa bela manhã, ele se deitou ali, no velho sofá — ela apontava uma linha horizontal esbranquiçada na parede nua —, e não se levantou mais. Estava consciente, mas não dizia mais nada. Será que estava mesmo consciente? Eu não me atreveria a afirmar. Ficava com os olhos arregalados, mas com o olhar vazio e jeito de não enxergar mais nada. Pensando bem, para ele foi melhor assim. Nem sequer percebeu a chegada dos carregadores que vinham buscar todas as nossas tralhas. Teriam retirado o velho sofá, que sustentava sua carcaça, e teriam deixado que ele morresse em cima dos ladrilhos, esses desumanos, se eu não os tivesse enxotado a chineladas, que pelo menos o deixassem morrer em paz antes de começarem a pilhagem!... É, cavalheiro, foi assim que ele nos deixou, e desde então está dando tudo errado, mas que isso não o impeça de tomar um copo de vinho.

Ela pegou um caneco no baú que, durante o instante em que ficou entreaberto, confessou miseravelmente o próprio vazio quase total, e lhe serviu um copo transbordante de rosé.

O vinho era fresco e vivo. A voz da mulher, mesmo quando ela narrava catástrofes, conservava uma espécie de alegria. Até no meio do naufrágio dela emanavam um calor e uma vida aos quais a própria casa, apesar da pobreza, parecia fazer eco.

Ela ainda falou por muito tempo, esvaziou o coração. Ele se surpreendeu ao escutar sem impaciência esses relatos sobre as façanhas do finado Truchaut, sobre seus companheiros e suas conspirações de cabaré. Não que as palavras dela lhe parecessem de algum interesse, mas aquela alegre vitalidade lhe transmitia uma espécie de reconforto, ao mesmo tempo em que o vinho rosé, bebido em jejum em cima do cansaço da viagem, enchia-o de benevolência. Perto daquela alma simples, sobre aqueles ladrilhos polidos pelo tempo, na grande sala que a noite amena começava a mergulhar na penumbra, ele tinha a sensação, após tantos meses à deriva, de que pela primeira vez voltava a pisar em terra firme.

* * *

Na sala agora quase escura, finalmente fez-se silêncio. O visitante não tinha a menor vontade de se despedir; não podia aceitar a idéia de deixar esse porto inesperado para retomar sua marcha sem fim pela indiferença das ruas. Mas como poderia conseguir que a viúva Truchaut lhe propusesse uma hospedagem por essa noite?

Enquanto remoía inutilmente a questão em seu espírito, um surpreendente golpe do destino tirou-o do embaraço.

De repente, ouviu-se na rua um ruído de vozes

infantis. A porta aberta deu passagem a um grupo desvairado de cinco ou seis crianças que pareciam num formidável estado de excitação.

— Seus moleques! — berrou a viúva Truchaut, com as mãos prestes a lhes dar uns sopapos, mas com um calor tipicamente maternal. — Não estão vendo que estou com visita? Seus atrevidos!

— Autruche, Autruche! Escute, escute! — esganiçavam-se os pirralhos com suas vozes superagudas, mas, como gritavam todos juntos, ninguém mais se entendia.

Três homens um tanto sem fôlego também apareceram na sala. O último fechou cuidadosamente a porta. Fez-se silêncio. As crianças, que tinham servido de guarda avançada, agora se amontoavam encostadas na parede, tremendo e demonstrando essa deliciosa excitação que proporciona às crianças a notícia de alguma grande catástrofe ocorrida no universo dos adultos.

Napoleão, cujos olhos se haviam acostumado com a penumbra, adivinhou facilmente quem eram os recém-chegados. Só pelo jeito deles já podia saber o nome de cada um: o alto e glabro que bamboleava como um cavaleiro devia ser, na certa, aquele quartel-mestre Maurice de quem a viúva falara; a calvície e a barriga pertenciam provavelmente ao médico-major Latruelle-Alguma-Coisa; quanto ao terceiro gaiato, sua figura inchada pelo absinto e gasta como um capacho apresentava essa ausência de traços característicos pela qual se reconhece, justamente, os leais soldados das patentes mais baixas.

— Autruche*... — começou o médico-major com voz rouca e solene (minutos antes, Napoleão ficara chocado ao ouvir as crianças interpelarem a viúva Truchaut dessa maneira; mas, ao observar a gravidade com que o recém-chegado empregava esse apelido, supôs que o trocadilho de mau gosto era tão antigo que perdera qualquer conotação humorística). O médico-major parou de falar: acabara de notar, enfim, a presença de um desconhecido na sala.

— Pode falar à vontade — disse Autruche —, ele é um dos nossos.

Foram feitas as apresentações. Os três homens

(*) Em francês, avestruz. (N. T.)

apertaram-lhe a mão em silêncio, com esse ar compungido que se assume à saída dos enterros.

— Autruche — retomou o médico-major, mais rouco do que nunca —, companheiro — acrescentou virando-se para Napoleão —, a notícia que venho, que acabamos de... bem, vejam aqui no jornal... — Puxou do bolso uma folha amarfanhada que formava uma bola, aliás ilegível na escuridão quase completa, e jogou-se em cima de um tamborete, com a cabeça baixa, amassando entre os dedos a bola de papel amarrotado.

Então, em coro, o cavaleiro glabro e o bêbado anônimo completaram num tom de lamento:

— Senhoras e senhores, ai de nós! O imperador acaba de falecer!

5
A CONQUISTA DE PARIS

A notícia aterradora mergulhara Napoleão num estupor ainda mais profundo que o de seus companheiros — mas, naturalmente, as razões de sua consternação eram muito diferentes.

Para ele não foi difícil representar um papel no velório que houve naquela noite na casa da Autruche. O destino pessoal de seu sósia não o comovia (para falar a verdade, ele sentia uma profunda irritação com aquele imbecil que, encarregado de uma missão excepcional, cometera o descuido de se deixar morrer num momento em que ainda precisavam dele); mas bastava-lhe considerar as conseqüências dessa morte desastrosa para poder, sem nenhum fingimento, apresentar-se diante do bando com uma fisionomia arrasada. Ao mesmo tempo, sentia-se tocado em observar a emoção tão sincera dos que o cercavam. Que aquelas pessoas humildes pudessem estar tão transtornadas só de pensar que ele havia morrido emocionou-o tanto que não lhe foi difícil unir suas lágrimas às dos outros.

Foi um longo velório. Choraram, conversaram, beberam. Cimentada pela dor comum, uma intimidade excepcional unia naquela noite essas crianças velhas, subitamente órfãs do mesmo sonho. Em seu desespero, elas se apoiavam mais ainda, e, quando finalmente chegou a hora de repousar, nem sequer lhes passou pela cabeça a idéia de despachar para a indiferença ímpia do mundo exterior aquele irmão de armas que o acaso acabava de lhes confiar.

Portanto, foi com a maior naturalidade que Napoleão aceitou o leito improvisado que lhe arrumaram com uns trapos num canto do salão. O médico-major, que vivia hospedado na casa da viúva, quis a todo custo lhe ceder seu colchão. O cavaleiro glabro e o bêbado anônimo se despediram: dividiam um sótão nas redondezas do beco.

Autruche enxotou para o andar superior o rebanho trôpego da criançada sonolenta. O médico-major se retirou para o quarto. Autruche desceu de novo para dar a Napoleão um edredom a mais.

Quando afinal toda a casa mergulhou no sono, Napoleão soprou a vela e se deitou. Nos arredores, os primeiros galos da madrugada já começavam a fanfarra. Ele sentiu um arrepio: a partir de agora, *seu destino se tornava póstumo.*

* * *

Nos dias que se seguiram, todo o horror de sua nova situação apareceu-lhe ainda mais claramente.

Numa Europa incapaz de lhe opor um único adversário à altura, desfazer Estados, construir impérios, derrubar reis, tudo isso, no fundo, era pouco... Mas eis que agora um obscuro suboficial, só por ter morrido tolamente num rochedo deserto do outro lado do mundo, conseguira erguer em seu caminho o rival mais formidável e mais inesperado que se podia imaginar: *ele mesmo*! Pior, doravante não era apenas contra Napoleão que Napoleão deveria lutar, mas contra um Napoleão maior do que o verdadeiro — a lembrança de Napoleão!

Como o médico-major, radiante em encontrar um companheiro para seu cotidiano lúgubre e ocioso, levava-o diariamente a todos os cafés das redondezas, percorrendo os cenáculos fiéis, ele pôde avaliar melhor a extensão da tragédia: aqueles velhos militares, aqueles estóicos que viviam com meio soldo, toda aquela arraia-miúda que, animada por uma inabalável esperança, passara os seis últimos anos a esperar pela volta do imperador, e se sublevaria maciçamente à primeira chamada — aqueles humildes recrutas da fé imperial, com um único golpe fulminante, o luto, haviam, todos, se desmobilizado!

Como esticar novamente aquela mola imensa, agora que ela afrouxara? O grau de prostração dos fiéis era mais profundo ainda porque tiveram de fazer os esforços mais sobre-humanos para atravessar todos aqueles anos sem fraquejar, resolutos. E, hoje, esse brusco aniquilamento de todas as suas razões de esperar e de acreditar talvez até lhes desse uma espécie de imenso alívio... Eles se compraziam no desespero, no qual afundavam com uma espécie de volúpia, assim como depois de um velório longo demais as pessoas se afundam no sono. Quem tentasse despertá-los nesse momento iria encontrá-los não apenas surdos, mas inclusive hostis. Dispensados de uma tarefa dura demais, liberados do duplo fardo da fidelidade e da esperança, eles pairavam, finalmente livres, sobre as próprias lembranças. Agora que se haviam abandonado ao veneno da nostalgia, inteiramente voltados para o passado, quem jamais poderia convencê-los a retomar o trabalho escravo nos galés da glória, acorrentados pelo apelo do futuro?

E quem iria ainda reconhecê-lo, a ele, Napoleão, agora que ninguém mais o esperava? A metamorfose da idade e a abjeção de seu disfarce que, poucos dias antes, não tinham sido capazes de enganar um verdadeiro fiel, doravante se interporiam entre ele e os seus. Será que Napoleão deveria se empenhar em convencê-los e reconquistá-los, um a um, e depois recomeçar incessantemente a tapar as fissuras da adesão vacilante de cada um — sem sossego, dedicar-se a sustentar, unicamente com a palavra, o edifício irremediavelmente rachado da crença de cada companheiro? Só de pensar nas tarefas colossais que o aguardavam, sentiu suas forças fraquejarem...

...Ao mesmo tempo, devorava-o a coceira de passar à ação. Sua posição de hóspede improvisado na casa de Autruche tornava-se cada dia mais delicada. Para justificá-la, ele deveria revelar sua identidade verdadeira, mas isso era impossível. Era ao mesmo tempo tarde demais e cedo demais para jogar sua única carta. Qualquer tentativa prematura de impor aos modestos companheiros uma verdade que eles já não estavam preparados, que eles ainda não estavam preparados para ouvir, podia condená-lo — ele percebia perfeitamente bem — a cair num terrível ridículo. Em seu refúgio inútil, ele se roía: quanto mais urgente se tornava a necessidade de agir, mais evidente se tornava a impossibilidade de agir.

Foi então que um novo carregamento de melancias e de melões procedentes de Avignon subitamente mudou seu destino.

A carga perfumada — havia o equivalente a duas carroças — fora espalhada diretamente sobre os ladrilhos da sala. Fazia alguns dias que Autruche, ajudada pela criançada e alguns ex-recrutas do Trois Boules, despendia uma energia tremenda para escoar essa mercadoria vendida a varejo pelas ruas. A caminho desde a madrugada, a esquálida tropa voltava tarde da noite, exausta e desmoralizada. A venda era insignificante, o amontoado de melões que ocupava três quartos da sala não diminuía. E, sinistro presságio, um que outro melão já começava a apodrecer.

Numa tarde, quando remoía sombriamente seus pensamentos andando de um lado para outro pela sala — quer dizer, pelo estreito espaço que estava desimpedido — , Napoleão pisou por descuido em cima de uma melancia, e deu um violento escorregão.

Quase torceu o pé. A fruta, ao arrebentar suavemente, espalhou suas entranhas carnudas pelos ladrilhos, soltando um bafo podre.

Enquanto ele olhava, bestificado, a baba pegajosa que caíra em suas botas, sentiu de repente uma fúria vertiginosa.

O cheiro enjoativo dos melões, o zunido imbecil das moscas, a boa vontade desesperada da Autruche e de seus ineptos auxiliares — tudo aquilo cuja existência até agora ele apenas registrara passivamente, era-lhe abruptamente atirado na cara como uma bofetada: ele não passava do espectador frio e distante daquela farsa medíocre. Arrancado de seu camarote ilusório, descobriu, horrorizado, que era o lamentável herói da farsa; pela primeira vez, viu-se tal como era, desnudo, no centro de uma tragédia universal, cercado pela conspiração de todas as decrepitudes, lentamente tragado, tal como um objeto, para um sorvedouro coletivo que nenhuma glória seria capaz de vencer... Num gesto de raiva e de revolta que foi incapaz de controlar, agarrou com as duas mãos a melancia arrebentada e atirou-a contra a parede; a fruta se espatifou, formando uma estrela que lentamente começou a escorrer...

...Assim como um céu é lavado pelo temporal, assim também ele se sentiu maravilhosamente purgado por essa súbita explosão. Já olhava com outros olhos a ridícula cucurbitácea que, no minuto anterior, pusera em movimento aquela máquina de reflexões mórbidas: seu cérebro acabava de descobrir um novo trampolim!

Naquela noite, quando a Autruche e os outros voltaram para casa, todos ficaram impressionados com sua transformação. Estavam em presença de um outro homem: no lugar do hóspede apagado da véspera, encontraram um chefe.

Ele fez um breve discurso. Suas palavras foram simples e claras; delas emanava uma autoridade que os subjugou. Mostrou-lhes que aquele monte de melões prestes a estragar era o único capital de que dispunham, talvez o derradeiro trunfo; que não podiam se permitir jogar com esse trunfo assim, sem mais nem menos, como estavam fazendo até agora, num esforço decerto corajoso, mas desordenado e estéril; que, ao contrário, era importante preparar as ações de maneira pensada e minuciosa, para em seguida concentrar toda a energia numa só tacada decisiva, dada na hora oportuna e no momento favorável.

Instintivamente, reencontrava a linguagem do comandante de exércitos falando a seus generais na véspera de uma batalha, e essas inflexões sóbrias mas poderosas logo despertaram entusiasmo entre os ouvintes. Espontaneamente, convidaram-no a assumir o comando das operações, e pediram-lhe que expusesse os detalhes de seu plano.

Ele solicitou um mapa das ruas de Paris e abriu-o em cima da mesa. Autruche acendeu umas velas a mais. Toda a turma sentou-se em volta da mesa. Só Napoleão ficou de pé; depois de lançar um demorado olhar no mapa, começou a andar pela sala, de um lado para outro, durante alguns minutos, as mãos unidas nas costas. Ninguém se atrevia a quebrar o silêncio. Sob a claridade das velas, sua silhueta curta projetava nos quatro cantos das paredes sombras que pareciam pular em cima de uma mola gigantesca. Finalmente, catapultando com um violento pontapé uma abóbora que estava perdida no meio de seu caminho, deu meia-volta e, como um animal selvagem que se joga sobre a presa, voltou diretamente para a mesa, e esboçou diante de suas tropas o seguinte esquema tático:

1. *Fator tempo*: a onda de calor que atualmente está nos castigando é, aparentemente, desfavorável, já que apressa a maturação dos melões. Na verdade, também comporta um elemento favorável, que convém explorar ao máximo, e é a sede que provoca nos habitantes das cidades, estimulando-lhes o desejo de uma fruta suculenta e refrescante. Contanto que possamos agir com *rapidez*, cabe-nos, pois, fazer com que essas condições meteorológicas revertam a nosso favor. Com efeito, a *rapidez* permitirá que nos beneficiemos das vantagens inerentes à situação (isto é, o aumento da sede dos fregueses potenciais) e, ao mesmo tempo, escaparmos de seus

efeitos nefastos (perda progressiva das reservas por causa do apodrecimento).

2. *Fator terreno*: Paris, inútil lembrar, tem uma área considerável, e para conquistarmos um lugar só dispomos de forças mínimas. Um esforço disperso ou improvisado estaria, portanto, fadado a um autêntico fracasso. Trataremos, primeiramente, de determinar todas as regiões cuja configuração pode jogar contra nós: ruas compridas de pouco movimento nos subúrbios, onde nossa coluna se arriscaria a desperdiçar um tempo precioso e a esmorecer inutilmente o ímpeto de seu ardor inicial. O bairro dos Halles, os mercados, a vizinhança dos quitandeiros, todas essas zonas onde os habitantes, saturados por uma concorrência poderosa, dispõem de maior capacidade de resistência: esses diversos pontos deverão ser totalmente afastados de nosso itinerário (enquanto falava, pegou um lápis e, no mapa, esmagou os Halles com uma cruz). Portanto, vamos concentrar todos os nossos efetivos exclusivamente nas regiões que oferecem as menores pos-

sibilidades de resistência e, ao mesmo tempo, onde as chances de ganhar são mais substanciais e mais imediatas, com a maior economia possível de esforço — isto é, as zonas que apresentam simultaneamente uma concentração máxima de população e um nível mínimo de abastecimento de frutas e legumes. No que diz respeito ao primeiro aspecto (população), podemos fixar desde agora nossa atenção nos bairros centrais, e assinalar as vias de acesso mais freqüentadas (o lápis cercou imperiosamente uma ampla zona no meio do mapa, de onde ele traçou em forma de raio quatro ou cinco grandes eixos). No que diz respeito à segunda questão (localização dos vendeiros de frutas), será indispensável enviar batedores para procederem a um reconhecimento prévio do terreno. Esse reconhecimento será feito de madrugada, e não atrasará a ação que deslancharemos; em seguida, isso nos fará inclusive ganhar um tempo considerável, já que nos evitará contramarchas inúteis e nos permitirá conquistar de imediato as posições mais favoráveis.

3. *Fator humano*:

A. *O adversário*: sua capacidade de resistência repousa — como acabo de indicar — numa série de redutos disseminados irregularmente, cujas redondezas evitaremos sistematicamente: concentrando todas as nossas forças numa brecha dessa linha descontínua, tiramos partido desse vazio e penetramos diretamente no ventre mole da cidade. Uma vez nessa posição central, segundo as condições oferecidas pelo terreno poderemos mobilizar mais ou menos maciçamente nossos efetivos, de modo a estender progressivamente a área submetida à nossa intervenção.

B. *Nossos efetivos*: primeiro, os batedores; para essa missão de reconhecimento, algumas crianças darão conta do recado — a ligeireza e a mobilidade delas as recomendam para tal operação. Quanto aos outros, formaremos uma única coluna móvel, transportando todas as carroças, e talvez até os carrinhos de mão, de que pudermos dispor. Um quartel-general será instalado num bar da zona central, sua localização exata será decidida no momento adequado. A função de ligação entre esse quartel-general e as diversas carroças em operação também será assumida pela criançada.

Esse plano de ação foi adotado com os aplausos de toda a companhia, que, apesar do cansaço do dia terminado e da perspectiva de um dia seguinte ainda mais pesado, sentiu passar sobre si o arrepio de uma nova esperança.

Naquela noite, os soldados que viviam com a metade de um soldo, ao invés de voltar para suas respectivas cafuas, ficaram acampados na casa da Autruche, de modo a poderem formar a coluna desde a madrugada, sem delongas inúteis.

As palavras de Napoleão haviam despertado um misto de excitação e confiança. Confusamente, eles tinham a sensação de estar na véspera de uma aventura desconhecida; ao mesmo tempo, o que foi uma alegre surpresa, retomaram hábitos muito antigos de docilidade e de espera.

Para essa véspera de combate, instalaram-se, uns debaixo da mesa, outros em cima de um banco, todos com as botas e enrolados nos capotes, e logo o salão se encheu de roncos.

Napoleão devaneava, o queixo na mão. Por vezes, seu olhar ia de novo percorrer o mapa de Paris que ficara aberto à sua frente.

Mas não era o único a velar: sentado no canto escuro da lareira, silencioso e fascinado, o médico-major, chupando um charuto apagado, o observava.

4
O IMPÉRIO DA NOITE

Apesar de toda a sua perspicácia, o médico-major foi surpreendido com o desenrolar dos acontecimentos. Por certo, a triunfal expedição dos melões confirmava seu prognóstico: aquela ação brilhante e sem percalços inscrevia-se inteiramente na linha de uma estratégia cuja terrível eficácia ele conhecia de longa data — mais uma vez, tal sucesso retumbante em nada o espantou. A subseqüente recuperação dos negócios da Autruche tampouco escapava ao previsível, ainda que tenha se dado com um vigor e uma rapidez impressionantes. Mas o que realmente deixava o médico-major embasbacado e desesperado eram as reviravoltas que, agora, aconteciam em sua vida.

O Outro tomara tudo em mãos — com uma energia e uma competência que, de resto, suscitavam a admiração. Que ele tivesse desejado dirigir pessoalmente a contabilidade, a expedição, a correspondência, o pessoal, as sucursais, a publicidade, a prospecção, o balanço, o contencioso, as relações públicas, era, pensando bem, perfeitamente normal; afinal, foi ele que conseguiu ressuscitar, transformar e desenvolver esse comércio, e, aliás, o médico-major, que gostava muito de se divertir, não teria nem um instante sequer pensado em lhe disputar o privilégio de quebrar a cabeça em cima dessas mil tarefas fastidiosas. E que o Outro se tivesse assim tornado o chefe inconteste da casa ainda se inscrevia na ordem natural das coisas.

Que Autruche se curvasse aos pés do herói vencedor, até isso o médico-major, fazendo um violento esforço dentro de si mesmo, ainda podia aceitar e compreender: conhecia a espontaneidade e o entusiasmo daquela alma simples e calorosa, e, por outro lado, não tendo boa opinião de si mesmo, jamais se atrevera a nutrir grandes esperanças quanto às suas próprias chances.

O fundo de seu desespero e de sua indignação era de natureza mais singular: o que na Autruche lhe parecia bastante desculpável tornava-se, no que dizia respeito ao Outro, uma traição chocante e inexpiável. Ao vê-lo aceitar os favores da viúva e instalar-se tranqüilamente nessa nova prosperidade burguesa, tinha a mesma impressão de alguém que assiste à ruína de tudo aquilo que justificava a própria existência. Ele se achava um pouco na posição do católico praticante a quem Deus teria simplesmente revelado que andava pretendendo se aposentar.

Assim, apesar de todas as aparências, de início ele se negou a crer na existência de tal escândalo. Mas, vivendo sob o mesmo teto, não pôde escapar indefinidamente à força da evidência.

Para seu grande desespero, subitamente voltava a se sentir livre. Certa manhã, aproveitando que o Outro tinha saído, anunciou a Autruche que decidira deixar aquele local.

O modo displicente, quase indiferente, com que ela recebeu essa notícia acuou-o, e ele precipitou uma decisão que, a rigor, de início não era tão irrevogável assim. Ao perceber que a viúva nem pensava em retê-lo, inventou na mesma hora uma história de herança que requeria com a maior urgência sua presença no interior do país.

Autruche, sempre obsequiosa, logo lhe forneceu barbante e dois caixotes para empacotar seus pertences. Enquanto amarrava suas trouxas — apesar da raiva que deixava seus dedos trêmulos, a coisa não durou mais que alguns minutos —, ele percebeu pela primeira vez, e com espanto, que papel o ódio assumia nos vínculos que, fazia mais de vinte anos, o haviam deixado acorrentado de corpo e alma, a serviço do Outro — e na verdade esse ódio era tão profundo que, ao optar abruptamente por escapar para sempre de seu objeto, ele tinha a sensação dilacerante de amputar uma parte essencial de si mesmo.

Autruche quis encarregar um empregado de conduzi-lo até a diligência; mas sua trouxa era leve, ele declinou a oferta. Sentindo uma pressa que doravante não podia mais refrear, chegou inclusive a recusar o vinho de despedida que a simpática mulher convidava-o a tomar. Subitamente, não agüentava mais prolongar nem um minuto sua presença sob aquele teto. Autruche nada compreendia daquela ânsia e deixava transparecer ingenuamente um espanto que tornava toda a cena ainda mais penosa.

A fuga precipitada não levou o médico-major muito longe. Chegando ao final da rua, ele se lembrou de que não dispunha de nenhum refúgio para onde ir; portanto, com a maior naturalidade foi parar no Trois Boules. Assim, Napoleão não custou a descobri-lo, e foi àquele estabelecimento que, lá pelo final da tarde, ele se dirigiu, muito simplesmente, para encontrar o desertor.

Sentando-se à mesa diante dele, Napoleão nem se deu ao trabalho de interrogá-lo, quando nada por formalidade, a respeito das circunstâncias daquela mudança repentina, nem a respeito da hipotética história de herança. Tranqüilamente, com essa fantástica capacidade de indiferença para com os detalhes não pertinentes — capacidade que em geral caracteriza o gênio, nisso assemelhando-o, aliás, no que se refere aos efeitos, às catástrofes naturais —, ele foi direto ao assunto que o interessava. Nesse meio tempo, o médico-major recuperara um certo sangue-frio e, impassível, fez um esforço para agüentar o primeiro choque.

— O senhor sabe quem eu sou — disse Napoleão. E, sem lhe dar tempo para revidar essa primeira revelação, pois o médico-major teria se aproveitado para responder: "O senhor é um próspero comerciante de melões", ele prosseguiu, no embalo: — E preciso do senhor.

O médico-major, evitando o olhar do mestre, acendeu um charuto.

— É tarde demais — resmungou com o bigode, fixando o fundo do copo.

— A situação se apresenta da seguinte maneira — prosseguiu Napoleão, fingindo não ter entendido o comentário, que talvez tenha realmente escapado à sua atenção, de tal forma a fé numa idéia poderosa podia lhe deixar surdo a qualquer intervenção alheia às próprias palavras.

— É tarde demais — repetiu o médico-major alçando a voz. Ele empregava toda a energia de que era capaz, mas ainda não se atrevia a levantar os olhos para o interlocutor. Enquanto este último, desconcertado com essa reação de teimosia, batia na mesa com a mão branca e gorda, demonstrando uma ponta de impaciência, o médico-major, como um velho animal de carga que, pela primeira vez em sua carreira, empaca quando se aproximam os varais e deita coices cegos para todo lado, retomou quase aos gritos: — É tarde demais! estou lhe dizendo que é tarde demais!

Sua voz enrouqueceu. Seu copo estava vazio; sôfrego, ele esvaziou o copo do homem que estava na sua frente. Agora, lutava como um desesperado para preservar aquela triste e nova liberdade que mal acabava de conquistar. Estendendo um braço hesitante, agarrou Napoleão pela lapela da sobrecasaca; seu olho amarelo finalmente parou, vacilante, no olhar do Outro.

— Acredite-me, trate apenas de fazer fortuna com

as melancias, e sua sorte será mil vezes mais invejável do que o senhor pode imaginar! Não quer acreditar em mim? Venha, venha comigo, e O SENHOR VERÁ!... — Depois, num tom mais baixo: — Não é longe daqui — acrescentou com uma doçura manhosa.

Ele se levantou. Suas pernas bambeavam, mas seu punho mantinha-se firmemente agarrado na sobrecasaca de Napoleão. Este, um tanto perplexo, sentiu muito bem que, no estado em que se encontrava o médico-major, era inútil começar uma discussão. Portanto, a fim de evitar um escândalo, resignou-se, por ora, a lhe satisfazer esse desagradável capricho. Quanto aos assuntos mais sérios, sempre haveria tempo para comentá-los mais tarde, assim que os vapores do absinto tivessem se dissipado.

Com os dentes trincados, o médico-major arrastou a vítima dócil e apavorada por uma série de ruas sossegadas. Atravessaram um subúrbio burguês com casinhas, grades e jardins. O dia chegava ao fim; a noite próxima, alongando as sombras a ponto de misturar todas elas num único mistério de suavidade, começava, como toda tardinha, a conferir a esse mundo mesquinho uma profundidade de sonho que, afinal, o absolvia de sua banalidade. Em algum lugar, atrás de janelas fechadas, um piano repetia sua lição.

Napoleão estava cada vez mais impaciente, quando por fim seu guia lhe fez sinal de que haviam chegado: encontravam-se na entrada de uma espécie de parque particular cujos muros altos eram coroados por galhos de castanheiros e tílias. As barras da grade de entrada estavam tapadas por um forro de folha-de-flandres que impedia os olhares indiscretos.

O médico-major devia ser um freqüentador assíduo do local, pois, apesar da noite cada vez mais cerrada, não custou a pegar uma correntinha escondida debaixo da trepadeira; um puxão vigoroso provocou atrás do muro um gemido de ferro, a que se seguiu o tilintar distante de uma sineta.

Os dois homens esperaram um momento.

— Afinal o senhor vai me explicar... — começou Napoleão, irritado, mal conseguindo se conter, mas, nesse exato momento, uma portinhola com as dobradiças cuidadosamente lubrificadas abriu-se no meio da grade de ferro.

Atrás de seu guia, Napoleão teve de se enfiar, um bocado a contragosto, nessa espécie de ratoeira, e deparou-se com a escuridão de um grande jardim malcuidado, onde havia um bosque bastante denso.

Mal percebeu o vulto do porteiro que estava fechando a portinhola atrás deles; mas pareceu-lhe que a criatura vestia uma espécie de guarda-pó comprido e acinzentado e, na cabeça, usava um tipo de solidéu redondo que lhe dava uma aparência vagamente eclesiástica.

Embrenharam-se no bosque, seguindo uma alameda sinuosa de areia que abafava seus passos. Debaixo das árvores, já reinava a penumbra.

Numa curva da alameda, o médico-major, cujo perfil atarracado era balizado unicamente pela ponta avermelhada do charuto, virou-se para Napoleão e lhe soprou no ouvido: "Vou na frente, espere-me aqui um instante". E, jogando fora o charuto, desapareceu na sombra antes que Napoleão pudesse retê-lo.

Assim sendo, Napoleão ficou sozinho, plantado no meio da alameda. A seu redor, os troncos pretos e compactos das árvores tapavam qualquer perspectiva. No alto dos galhos, grupos de estorninhos acabavam de se instalar para passar a noite, provocando ruído de asas batendo e gritos agudos.

Quanto tempo ele esperou assim? O médico-major não voltava. Toda essa história ia assumindo um cariz de brincadeira de mau gosto. Napoleão puxou o relógio, mas não pôde distinguir a posição dos ponteiros na brancura fosca do mostrador. Os estorninhos haviam terminado a barulheira. Sobre o abandono noturno do parque, só o leve murmúrio do vento soprava intermitente, animando as profundezas invisíveis das folhagens.

Mas Napoleão não era homem de ser tapeado indefinidamente. Todavia, não quis abandonar o jogo sem ter elucidado as intenções do médico-major, e, portanto, resolveu proceder a uma exploração geral do lugar. Seguindo a alameda cuja trilha pálida o guiava pelo bosque negro, meteu-se mais para dentro do parque.

Depois de andar um pouco, avistou uma claridade difusa espalhada entre os troncos. Logo chegou a uma grande clareira onde se demorava um resto de dia. À sua frente, estendia-se um capinzal em forma de anfiteatro, e lá no alto erguia-se uma construção cujo volume escuro era espetado por dois ou três focos de luz. Cortando caminho pelo gramado cujas folhinhas cobertas de orvalho logo lhe encharcaram os sapatos e a barra das calças, ele se dirigiu para esse edifício.

Quando se aproximou, viu que se tratava de uma construção pretensiosa, uma espécie de pequeno castelo muito alto, com ornatos exagerados, estilo bolo de noiva, tendo ao lado um anexo improvisado, comprido e baixo, em forma de galpão. O conjunto parecia um tanto decrépito.

O galpão estava iluminado, e de uma janela aberta escapava um barulho de talheres que se chocavam, sugerindo a presença de uma companhia numerosa que estaria jantando. Pairava no ar um desagradável odor de cozinha; cheirava a sopa de quartel.

Napoleão hesitava em ir mais adiante. Ficou na sombra de um olmo à beira do gramado. Ali havia um banco; sentou-se e sentiu um arrepio ao contato da pedra que estava úmida de orvalho.

Os talheres cessaram a barulheira. Houve um ruído de cadeiras se arrastando e de passos. A porta do galpão se abriu, e no retângulo de luz apareceu um vulto enrolado, como o porteiro da grade da entrada, num comprido guarda-pó esvoaçante e coberto com um idêntico solidéu de pano. Essa personagem farejou um instante o ar da noite, depois desapareceu, deixando passar em fila indiana uns vinte indivíduos vestidos com roupas estranhas.

Ao chegar ao ar livre, a procissão se desfez. Como monges meditando num claustro, alguns permaneceram parados e pensativos no meio da esplanada; outros, mergulhados numa reflexão solitária, começaram a andar, cada um por si, de um lado para outro pela alameda principal, uns com o nariz para o chão, outros olhando as estrelas. A estranha confraria se dispersou lentamente pelo parque; dois de seus membros passaram diante de Napoleão sem notá-lo, mas este, à sombra, sentiu um terrível arrepio ao identificar, finalmente, os detalhes daqueles trajes. Num lampejo, descobriu a chave do enigma — e esse homem impávido sentiu-se por instantes trespassado de horror! Seria de fato concebível que o médico-major tivesse tramado tudo isso para jogá-lo em tal armadilha? Seria ele capaz de desígnios tão atrozes?

Um dos homens que passeavam foi se sentar no mesmo banco onde Napoleão estava, mas não lhe dirigiu sequer um olhar. Como os companheiros, vestia uma espécie de fantasia lamentável, improvisada a partir de retalhos, remendos de ouropéis disparatados e de farrapos, que buscava reproduzir o traje clássico do Napoleão em campanha, tal como havia sido fixado no imaginário popular: sobrecasaca cinza, colete e calças brancas, o *grand cordon* em volta do pescoço, botas de montaria; uma espada de madeira completava o conjunto. Quanto ao célebre chapeuzinho, era feito de papel grosso, cuidadosamente costurado e colado, e lambuzado de tinta nanquim.

Fascinado, Napoleão observava o homem: sob o disfarce grotesco, coisa horrível, a pálida figura estampava uma nobreza pensativa; os lábios finos revelavam uma resolução inflexível; abrigado sob o chapéu de papel, o olhar fixo, acentuado por uma mecha que caía, sondava as profundezas da noite.

Como se, ao longo dos anos, o esforço obstinado do pensamento — ou melhor, da única obsessão que se substituíra ao pensamento desfeito — tivesse conseguido modificar lentamente os traços de seu invólucro físico para adequá-lo a uma imagem de grande semelhança com o imperador, aquele infeliz escombro apresentava uma imagem mil vezes mais fiel, mais digna e mais convincente de seu modelo do que o improvável vendedor de frutas careca que, sentado a seu lado, o examinava perplexo.

Outros napoleões iam e vinham ali por perto; no meio do gramado, onde agora pairava um nevoeiro branco, um deles apontava para o céu, em plena escuridão, um binóculo de cartolina; outro abria em cima de um parapeito de pedra um jornal velho, fingindo ser um mapa de estado-maior. Outros cavalgavam, perdidos em devaneios, cadeiras de jardim enferrujadas. E, apesar do carnaval lúgubre produzido por seus adornos de empréstimo, apesar até de certos movimentos incongruentes e certas posturas esquisitas — um deles só se locomovia a pé-coxinho, seguindo o itinerário complicado de um jogo de amarelinha imaginário, e um gordinho girava em cima do salto do sapato como uma carrapeta, com os braços afastados e as abas da roupa ao vento —, os rostos de todos eles refletiam uma espécie de melancolia solene, de gravidade meditativa, que estranhamente impunham respeito.

Um sino bateu. Como alunos que chegaram ao final do recreio, formaram filas e retomaram, um atrás do outro, o caminho do castelo onde, sob a lâmpada da entrada, os aguardava um dos inevitáveis esbirros de guarda-pó.

Trincando os dentes, Napoleão se agachou à sombra do olmo. Esperou uns instantes, sem fazer nenhum movimento.

O jardim, inteiramente entregue à noite, voltara a ser silêncio e imobilidade.

Finalmente, ele se levantou; suas pernas estavam duras, sua roupa, impregnada de umidade.

Dando as costas para o castelo, a passos surdos ele margeou o gramado, mantendo-se abrigado sob as grandes árvores, e depois retomou a alameda em sentido contrário.

Seus olhos agora estavam habituados à escuridão. De vez em quando, ele parava, e ficava um momento à espreita; sempre escutava apenas o leve ruído do vento que agitava as folhas.

Finalmente, chegou diante da grade de entrada. Ao perceber o raio de luz que o lampião da rua projetava sobre as estacas altas do portão, sentiu-se como o marinheiro que, no meio de uma noite impenetrável, descobre de repente o primeiro sinal de luz no litoral.

Lentamente, silenciosamente, aproximou-se da portinhola. Tateando, apalpou a fechadura: o trinco estava imobilizado por um cadeado!

Ergueu os olhos: pelo lado de dentro, a grade era coberta apenas por uma folha-de-flandres lisa e vagamente brilhante, tendo ao alto setas de ferro que apontavam para as estrelas.

À esquerda e à direita, os altos muros coroados por cacos de vidro desafiavam qualquer escalada.

A vinte passos da grade, havia uma guarita semi-submersa sob um pé de glicínia; por sua única janela filtrava a luz de um candeeiro.

Logo ele tomou uma decisão — aliás, não tinha mais escolha. Sem procurar abafar o barulho dos passos, dirigiu-se com um andar falsamente seguro até a guarita e bateu na vidraça. Já tinha a história na ponta da língua, e estava preparado para contá-la com a maior frieza do mundo: fora conversar sobre fornecimento de alimentos com o diretor do estabelecimento, o doutor Quinton. Na verdade, nesse exato momento ele acabava de se lembrar do nome daquele alienista que dirigia uma casa de repouso no subúrbio: jamais o encontrara, mas o médico-major, que fora seu colega de estudos e era seu parceiro de bilhar, mencionara-lhe diversas vezes o nome desse amigo. Sua memória prodigiosa, que registrava e classificava tudo, agora restabelecera, num piscar de olhos, a conexão entre aquelas palavras ouvidas outrora e sua situação atual.

...Mas nem precisou contar sua história; talvez sua fisionomia e seu jeito fossem mais que suficientes para sugerir a vulgaridade saudável de um fornecedor — ou será que o porteiro recebera ordens específicas?; o fato é que o homem, saindo da guarita com passos sonolentos, dirigiu-lhe apenas um olhar displicente, e, sem manifestar a menor curiosidade a seu respeito, destrancou a portinhola e o devolveu com indiferença à indiferença do mundo exterior.

7
UBI VICTORIA?

Quando o portão da grade bateu às suas costas, ele se encontrou na rua deserta, debaixo de um lampião cercado por um vôo de falenas.

Custou a se orientar naquele bairro desconhecido; pegou ruas ao acaso, se perdeu. Quando finalmente chegou perto do beco dos Chevaliers-du-Temple, era quase meia-noite.

Antes de entrar em casa, e como sempre obstinado, fez questão de passar pelo Trois Boules. Tarde demais! Disseram-lhe que o médico-major, que regressara à noite, fora embora logo em seguida, com sua trouxa, e não deixara o novo endereço.

Napoleão nunca mais iria revê-lo; bem que fez algumas investigações nos dias que se seguiram, mas sem o menor entusiasmo. Para falar a verdade, já não tinha tanta vontade de pôr a mão no desertor. Se quisesse, provavelmente poderia encontrar alguma pista com o doutor Quinton, mas sentia uma inexprimível repugnância só de pensar em encontrar essa personagem e revisitar o teatro de sua recente e singular experiência.

Quanto a Autruche, ela desejava menos ainda ver o ex-hóspede reaparecer. A partida do médico-major trouxera-lhe um alívio repentino. Nunca seu bom coração lhe teria permitido manobrar, deliberadamente, para se livrar daquela presença. Mas, agora que ele tinha ido embora, sentia que, dali para a frente, mais nenhum obstáculo se imporia no caminho de uma vida nova que ela começava a entrever — caminho sem percalços, muito distante das alturas e dos vapores entre os quais o heróico marido e seus amigos tinham-na arrastado, aos solavancos, durante tantos anos —, caminho banal, talvez, mas que enfim poderia levá-la a alguma coisa que se assemelhasse à felicidade.

Ela sentia por esse homem que continuava a chamar de Eugène uma admiração e uma ternura crescentes. Talvez sofresse com uma certa distância, com um certo temperamento taciturno do qual seu companheiro não conseguia se livrar — ainda que esse aspecto impenetrável de sua personalidade contribuísse em parte para o respeito e para a confiança cega que ela chegou a nutrir por ele.

Um desejo profundo a obcecava — era esse seu espinho secreto: ela sonhava em poder legalizar a união de ambos. Por mais que raciocinasse e se repetisse que a sossegada intimidade da vida em comum dispensava a intervenção de um juiz de paz, nada adiantava, parecia-lhe que, sem esse trâmite oficial, algo sempre lhe faltaria, um algo mais que talvez fosse a única coisa capaz de lhe permitir alcançar a felicidade almejada por sua imaginação. Mas jamais ousaria se abrir diretamente com ele; nos menores detalhes, ele continuava a lhe inspirar uma insuperável timidez. Quem sabe se um dia ele mesmo faria a proposta tão esperada? Quem sabe se não era uma simples questão de tempo, quem sabe se não bastaria aguardar pacientemente? Quem sabe... Ela se embalava nessa esperança, sem deixar de pressentir obscuros obstáculos cuja natureza mal adivinhava.

Num leilão, comprou um grande leito de mogno, em estilo império, com apliques de cobre representando esfinges, que pertencera a um tabelião em bancarrota. Foi uma verdadeira loucura — apesar de seus negócios estarem cada vez mais prósperos, sob a administração enérgica e inventiva de Napoleão, o capital de ambos ainda era relativamente modesto —, mas, na falta da cerimônia com que sonhava, esse móvel majestoso lhe parecia, pelo menos, conferir uma espécie de ratificação semi-oficial à união deles.

E assim, a contar desse dia, eles dormiram juntos no grande leito. Mas não tinham os mesmos sonhos.

* * *

Napoleão, embora sensível à dedicação que lhe demonstrava Autruche, observava preocupado o aspecto novo que sua situação ia assumindo.

Sua vontade indomável, que os piores reveses eram incapazes de abalar, estava surdamente à deriva, desviada para as alegrias domésticas e a prosperidade do comércio de frutas e legumes. Por mais irrisório que fosse, esse êxito, que ele não procurara, comportava ainda assim uma espécie de doçura à qual ele não podia ficar totalmente indiferente, e começava a formar sob seus pés uma superfície macia e movediça que ameaçava debilitar sua força de vontade e lentamente tragá-lo. Quanto mais os negócios andavam bem, quanto mais a ternura de Autruche provocava em sua vida mudanças comoventes e confortáveis, menos plausível se tornava Napoleão...

Toda vez que ia ao barbeiro, avaliava no espelho duplo, com uma consternação hipnotizada, que progressivamente suas feições originais se apagavam, pouco a pouco substituídas pelas de um desconhecido que ele desprezava, que ele odiava — e que lhe inspirava um horror crescente. Havia engordado muito e agora estava totalmente calvo. Se estivesse com uma aparência dessas quando encontrou Bommel (Justin), como este o teria reconhecido? E — não fazia tanto tempo, porém — o próprio médico-major?

Quando, depois de fechar um negócio particularmente hábil, ele ouvia as congratulações de algum corretor de produtos alimentícios coloniais, que prestava homenagem a seu extraordinário tino para os negócios, uma impetuosa vontade de agir percorria-lhe a pele — ah! partir mais uma vez do zero, desgarrar-se de vez desse abismo tépido que o aspira!

Mas o sarcasmo profético do médico-major, que o aconselhara a, sabiamente, fazer fortuna com as melancias, sempre lhe martelava os ouvidos, e a lembrança daquela visita crepuscular ao hospício do doutor Quinton não parava de obcecá-lo, qual uma ameaça. E, aliás, essa ameaça era muito real, conforme ele iria descobrir brevemente.

Ele havia empreendido, sem o menor tato, uma primeira tentativa para que Autruche passasse a compartilhar de seu segredo.

O resultado desse trabalho de aproximação foi catastrófico. De início, ela não entendeu nada, depois, quando finalmente percebeu o que ele parecia querer dizer, uma expressão dilacerante de perplexidade e terror estampou-se em seu rosto. Napoleão notou o transtorno e tratou de bater em retirada, conseguindo a muito custo desviar a conversa para outro assunto. Ela fingiu que estava atenta, embora lutasse violentamente para não cair em prantos.

Nos dias subseqüentes, ela evitou mencionar o incidente, mas não cessava de observá-lo às escondidas. Cercava-o de uma inquieta solicitude, como se ele fosse um convalescente se recuperando de uma doença grave; implorava-lhe para se poupar, proibia-o de ficar acordado até tarde da noite; preparava-lhe uns caldos fortificantes, fazia-o engolir elixires. A todo momento, fingindo acariciá-lo, passava-lhe a mão na testa a fim de tomar sua temperatura.

Napoleão fingia não entender, mas estava perfeitamente consciente do pânico que sua iniciativa imprudente provocara. A reação da Autruche deixara-o arrasado, e agora ele se dava conta de que seria necessário um longo trabalho preparatório até que ela fosse capaz de aceitar a verdade.

De início, esperou que o efeito desastroso dessa primeira abordagem se tivesse atenuado um pouco.

Quando Autruche lhe pareceu ter praticamente esquecido o incidente e em certa medida recuperado a antiga serenidade, acreditou que podia se arriscar a fazer uma nova tentativa.

Mas, dessa vez, apesar de toda a sua circunspecção e de seu tato, o resultado foi mais desastroso ainda: mal trouxe o assunto à baila, ela teve uma crise de choro nervosa, e ficou num estado tão lamentável que ele jurou a si mesmo nunca mais se aventurar nesse terreno. Mas, enquanto isso, precisava encontrar uma maneira de sossegá-la — no que se empenhou com bastante inabilidade; primeiro, procurou demonstrar que toda a história era uma brincadeira de mau gosto, depois, ao contrário, se acusou de ter certas manias e alucinações que deviam vir, tinha certeza, dos distúrbios digestivos.

Porém, de nada adiantaram essas confusas explicações: não conseguiu mais acalmá-la. Autruche entrou no jogo de Napoleão e lhe suplicou que fosse ver um médico; dizia conhecer um excelente especialista de estômago. Napoleão fez vagas promessas, firmemente decidido a se safar da consulta.

Mas dessa vez ele não iria escapar tão facilmente!

Um dia, quando voltava para casa um pouco mais cedo do que de costume, flagrou Autruche num grande conciliábulo com uma visita desconhecida.

Ao vê-lo, Autruche se levantou de repente, demonstrando profunda agitação. De seu lado, o desconhecido — um homenzinho curvado e frio como um pepino, abotoado até o nariz dentro de uma sobrecasaca marrom — ficou imperturbável e se contentou em encarar Napoleão com uma espécie de distância profissional. Autruche se lançou em apresentações intermináveis: "...um velho amigo,... um antigo companheiro do finado Truchaut,... de passagem pelo bairro,... que entrou por acaso,... fica para almoçar,... prazer de nos revermos,... de conhecê-lo,... aliás, excelente médico, justamente um especialista em estômago, o DOUTOR QUINTON!...".

O visitante teria percebido aquele engasgo que Napoleão foi incapaz de reprimir ao ouvir seu nome? O médico não tirava mais os olhos dele, um olhar ao qual as pálpebras vermelhas, curiosamente sem cílios, conferiam uma imobilidade desagradável.

Napoleão fez um esforço sobre-humano para controlar a fúria que fervia dentro dele, e para manter um aspecto natural enquanto se locomovia sob os olhos dessa espécie de batráquio solene e inquietante. De início, tentou desmanchar-se em amabilidades, mas a suavidade excessiva de suas palavras logo degenerou, assumindo um tom de tamanha falsidade que ele mesmo se apavorou. Sentiu-se preso na armadilha: fizesse o que fizesse, de agora em diante tudo deporia contra ele; uma explosão de raiva seguramente o liquidaria; mas, por outro lado, a civilidade hipócrita, a ponderação calculada de suas palavras, longe de dissipar as suspeitas, iriam provavelmente justificar um diagnóstico mais alarmante ainda. Diante desse perigo extremo, acabou optando pela política que menos o exporia: meteu as mãos no colete, para disfarçar a tremedeira, e se trancou numa apatia silenciosa.

Quinton, igualmente taciturno, continuava a observá-lo de um jeito tão melancólico quanto satisfeito.

Em volta deles, Autruche manobrava, numa agitação inútil, mexendo em vasos, deslocando cadeiras.

Esse sofrimento durou um tempo infinito: tiveram de beber um aperitivo, tiveram de comer, tiveram de tomar café, tiveram de saborear os licores, tiveram de fumar um charuto.

E sempre aquele silêncio.

Napoleão sentia vertigens, tinha alucinações: no lugar daquela sobrecasaca marrom que estava na sua frente, ele acreditava ver, por instantes, um comprido guarda-pó e um solidéu de pano; e dos pratos, no entanto suculentos, que Autruche preparara, subia de repente, parecia-lhe, aquele desagradável cheiro de refeitório que ele aspirara numa noite no fundo do jardim murado. Sentia náuseas. A fim de se controlar, esforçou-se para se servir uma segunda vez, copiosamente, mas isso representou tamanha violência que ele, cujos hábitos à mesa eram normalmente tão frugais e discretos, começou subitamente a devorar tudo de modo repugnante, mastigando como uma hiena. Autruche, que se sentia chocada e consternada com o espetáculo desse esfaimado ruidoso e porco, estava à beira das lágrimas. Quanto a Quinton, ele observava seu paciente com perspicácia e balançava a cabeça, como um autêntico conhecedor.

* * *

Depois que Quinton se foi, Napoleão armou uma cena terrível. Por pouco não espancou Autruche. Pulverizou uma cafeteira de faiança e dois vasos. Autruche verteu enxurradas de lágrimas. A criançada gemia, aqui e acolá, escondida nos cantos. Todos se sentiam terrivelmente infelizes; confusamente, percebiam que uma época estava irremediavelmente terminada.

Entretanto, nos dias e semanas seguintes, trataram de retomar a vida como se nada fosse. Autruche lhe jurou que nunca, nunca mais tomaria a iniciativa de chamar um médico. E, de seu lado, Napoleão refez o juramento de nunca mais tentar iniciar a pobre mulher num segredo que, visivelmente, ela jamais estaria à altura de suportar. Portanto, não trocaram mais nenhuma palavra sobre esse assunto, e, aparentemente, a vida dos dois prosseguiu como no passado. Só aparentemente, pois os silêncios das longas conversas noturnas a sós — aqueles silêncios com os quais se haviam acostumado e que anteriormente os envolvia numa aconchegante segurança — tornaram-se silêncios envenenados, pesados, carregando uma ameaça insustentável. Autruche o vigiava incessantemente com uma ternura patética, e quando, ao levantar a cabeça de repente, Napoleão flagrava a interrogação ansiosa daquele olhar eternamente cravado nele, ela desviava o rosto com um ligeiro tremor, procurando reprimir lágrimas sempre prestes a jorrar.

Tinha medo dos silêncios de Napoleão, mas tinha mais medo ainda de seus raros monólogos. Sempre temia que, por trás das frases mais banais, houvesse a ameaça de um possível duplo sentido, e no meio das palavras mais anódinas receava descobrir de repente a presença emboscada do pesadelo prestes a renascer.

Com um zelo aflito, esforçava-se para representar a comédia da felicidade e da tranqüilidade, e depois, abruptamente, tinha de fugir para a cozinha a fim de soluçar todo o seu fastio.

Esse jogo era bastante doloroso para Napoleão. Apesar de toda a pena que sentia dela, avaliava lucidamente o perigo terrível a que a inocente criatura o expunha. Assim, por mais que lhe custasse, ele precisava pensar, agora, em cortar este vínculo que lhe poderia ser fatal. Decerto, entre todas as experiências singulares que haviam balizado o seu caminho de volta, essa separação não seria o episódio mais alegre, mas traria ricos ensinamentos, dos quais ele saberia tirar proveito.

Começava a perceber melhor o quanto a grandeza deve evitar as ciladas da felicidade. As realizações mais brilhantes de sua carreira concluída não passavam de um sonho do qual ele finalmente despertava. Era só agora que ele entrava na maturidade do próprio gênio; a epopéia de seu passado era apenas um desordenado e confuso impulso de juventude, se comparada com o que ele poderia realizar agora que mais nenhuma emoção, mais nenhum laço afetivo se interporia, dentro de si, entre a inteligência que concebe e a vontade que executa. Ele alcançava um nível superior de existência, e, nesses cumes, respirava com o peito aberto um ar de tamanha pureza que teria queimado os pulmões do comum dos mortais.

Doravante, a vitória parecia-lhe certa. Era apenas uma questão de organização. Friamente, metodicamente, ele se pôs a pensar.

Primeiro, forjar as armas. Começou por elaborar uma série de dossiês sobre os principais ministros, altos funcionários e personalidades militares do império que tinham conseguido retomar uma posição influente no sistema atual. Devia ser possível, se não apelando para a lealdade, pelo menos recorrendo à chantagem — e esse era um aspecto essencial dos dossiês, cuja compilação foi muito ajudada por sua memória e seu conhecimento prodigioso dos pormenores políticos e criminosos dos negócios do império —, levar progressivamente um certo número dessas personagens a recolocar à sua disposição, secretamente, as forças de que já podiam dispor nos ministérios e nas administrações, no Conselho de Estado, no Senado, e sobretudo no Exército e na Polícia. Assim, pouco a pouco um poder oculto cresceria dentro do poder aparente, duplicando as próprias funções e concentrando energias, até o dia em que, seguro de suas obscuras influências, o primeiro poder estaria pronto para, com um só golpe de força, se substituir ao segundo, agora obsoleto.

O organograma desse poder secreto começava a tomar forma no papel, mas a elaboração teórica ainda requeria pesquisas consideráveis. Volta e meia ele tinha de ir às bibliotecas, onde às vezes passava tardes inteiras a consultar os jornais do império, as antigas coleções do Moniteur e outros diversos documentos de arquivo.

Mas, agindo dessa maneira, foi levado a descuidar do comércio de frutas e legumes. Os negócios começaram a se ressentir. Autruche, cada vez mais alarmada, nada ousava dizer. Agora, quase sempre Napoleão passava as tardes fora de casa. Como estava fora de cogitação trabalhar nesses dossiês sob o olhar de Autruche, ele se instalava em algum café, e, ao lado de desocupados que viviam de rendas, e que lá jogavam dominó, continuava pacientemente a cavar a solapa gigantesca que, em breve, iria minar a França inteira.

Só voltava tarde da noite. Autruche o esperava, guardando à beira do forno um daqueles inúmeros reconstituintes cujo segredo ela conhecia: vinha-d'alho de fígado de galinha com vinho do Porto, miolos de porco no vapor com castanhas, ovas de bacalhau etc., cujo preparo, que lhe absorvia várias horas do dia, tornara-se para ela uma espécie de exutório de sua angústia.

Assim se passou todo um verão. Veio o outono. O trabalho de Napoleão progredia num ritmo acelerado. Os negócios andavam periclitantes. Breve chegaria o seu momento de se alçar a um vôo novo. Ele estava sinceramente triste ao pensar na dor que sua partida causaria a Autruche, e lamentava-se por não poder lhe deixar um negócio em melhores condições. Temia por ela a volta dos tempos difíceis. Mas o que podia fazer? Mais tarde, chegaria o dia em que estaria em condições de lhe oferecer uma justa e honrosa retribuição por seu devotamento.

* * *

No início do inverno, o tempo, que até então estivera excepcionalmente bonito, piorou repentinamente.

Certa noite, quando caminhava de volta a pé de um café onde havia feito uma longa sessão de estudos, Napoleão foi apanhado por um súbito temporal. Chegou em casa encharcado até os ossos e arrepiado de frio. Autruche logo o pôs na cama com um grogue e uma bolsa de água quente.

Em torno de uma da manhã, seus movimentos agitados a acordaram: ele ardia de febre e delirava. Aflita, ela sacudiu o menino mais velho e mandou-o buscar um médico do bairro.

Pouco antes do alvorecer, o médico finalmente chegou. Encontrou uma Autruche que se descabelava e corria pela casa, para cima e para baixo, esquentando marmitas, preparando chazinhos, tentando esconjurar a preocupação com uma atividade frenética. Napoleão, de olhos arregalados, murmurava palavras desconexas. O médico, um velho que, tendo muita experiência, já não era de hoje que andava descrente da medicina, diagnosticou uma infecção pulmonar galopante. A fim de dar uma ocupação a Autruche, deixou instruções complicadas para o preparo de uma cataplasma. Prometeu voltar regularmente nos dias seguintes.

Cumpriu a promessa. A cada visita, limitava-se a entrar um instante no quarto do doente, que continuava a delirar, balançava silenciosamente a cabeça com sagacidade, remexia vagamente numas quinquilharias no fundo da sacola de couro, dali extraía um que outro frasco, entregava a Autruche algumas pílulas de cores variadas, e, para distraí-la por mais um momento, ensinava-lhe uma nova variante da fórmula da cataplasma.

Cinco dias e cinco noites a febre devorou Napoleão. Sua compleição, delicada por natureza e já enfraquecida, não resistiu a esse incêndio formidável.

Na manhã do sexto dia, a febre cedeu e ele retomou consciência por alguns minutos. Autruche encheu-se de esperança, mas o médico que vinha fazer a visita cotidiana logo a desiludiu. Como um incêndio de floresta cujas chamas só amainam depois de reduzir tudo a cinzas, o mal havia concluído sua obra e não achava mais nada para devorar.

...Volta-lhe a lucidez, mas só para que ele avalie melhor a própria fraqueza. Ele está no grande leito de mogno, na posição em que Autruche o instalou seguindo as instruções do médico, recostado numa pilha de travesseiros, para impedir que os humores lhe obstruam a garganta. Atrás das pálpebras cerradas, ele sente a claridade do dia e, sob os dedos imóveis, a textura do lençol.

Gostaria de abrir os olhos; tem esse plano já há um bom tempo, como quem se prepara para fazer uma viagem, pois é um esforço imenso, que requer uma grande agitação de preparativos em todo o seu frágil, tão frágil corpo, cujas últimas energias esparsas ele reúne para esse objetivo.

Pronto. Conseguiu abrir os olhos por um instante. E agora, novamente mergulhando atrás das pálpebras cerradas, afunda com seu butim e recapitula o que acaba de observar na superfície viva do dia: a mesa diante da janela, em cima da mesa seus dossiês abertos — os dossiês que trouxera na última noite, no frio, sob a chuva. Agora não está mais com frio; é até possível que hoje esteja fazendo um pouco de sol. Hoje está fazendo sol? Mas ele conduz o pensamento para a mesa. Autruche está sentada à mesa, de costas para ele.

As sombras se avolumam sobre suas pálpebras. Ele sente a necessidade violenta de se desgarrar das profundezas que suavemente o sorvem, de voltar à tona mais uma vez.

Para abrir os olhos essa segunda vez, tem de fazer um esforço ingente, e, ainda assim, o resto de dia entrevisto confusamente logo se lhe esvai. E, enquanto volta a mergulhar, em meio aos ruídos do abismo que recomeçam a zunir em seus ouvidos, continua a ouvir com maravilhosa nitidez Autruche que chora baixinho fazendo um leve barulho de nascente, e, às vezes, o rumor do farfalhar de uma página virada.

Ele precisa com a maior urgência voltar à tona mais uma vez para tomar fôlego. Mas, nadador extenuado, já não consegue deixar de submergir-se à corrente que o arrebata cada vez mais depressa, para mais longe do dia. Ele se agita e se exaure em esforços sobre-humanos, a febre volta a atacá-lo, ele cai num abismo. Autruche vai correndo para a sua cabeceira. Cego, ele se agarra à sua mão.

Ele se agarra, e no entanto continua a cair vertiginosamente, numa queda giratória, em meio a um grande tumulto de relâmpagos e visões.

E depois, de repente, entre seus pensamentos desbaratados, uma angústia iluminada o atravessa: ALGUÉM acaba de lhe notificar que, para entrar LÁ EM CIMA, ele terá de se submeter a um exame, e só lhe farão uma única pergunta: *qual é o nome da Autruche*. Paralisado de terror, ele descobre, num deslumbramento, que não sabe mais, que não sabe, que NUNCA SOUBE QUAL ERA O NOME DA AUTRUCHE! Ele se contrai, se encurva, luta, faz esforços furiosos, depressa, depressa, custe o que custar, saber o nome dela, é sua última chance — se, antes de comparecer perante eles, ele não conseguir superar essa horripilante falha de memória que lhe atormenta a alma, seu navio será desviado para sempre do porto, desviado para o Norte, ele terá de desembarcar em Copenhague, onde, no exílio eterno, levará para pastar um esquálido rebanho de pingüins por geleiras desertas, sem esperança de regresso. Ele se sufoca, agoniza, tem sobressaltos horrorosos, seus maxilares estalam.

Frescor de mãos em sua fronte. Autruche inclina sobre ele uma ternura sem limites. Seu cérebro embotado acalma-se um pouco, sua língua se solta:

— ... Nome?... nome?...

Autruche não compreende; debruça-se sobre ele, atenta às suas palavras.

— Qual é o MEU nome? — finalmente ele se ouve dizendo, apavorado, mas é tarde demais para tentar de novo; onde buscar a força de se corrigir, de refazer essa frase, de engatar de novo o pesado trem das palavras, uma atrás da outra, qual-é-o-seu-nome, e redirecionar o comboio para o dia que se foi?

Autruche se aproxima de seu ouvido e sussurra:

— Eugène, você se chama Eugène...

Ao ouvir essas palavras, ele sente uma náusea terrível, cujo significado ela interpreta mal, pois logo acrescenta, em tom mais baixo, mais perto de sua orelha, como um segredo:

— Napoleão, você é o meu Napoleão. — A doçura dessa última palavra lhe trespassa o coração, é o final, ele cai para trás. Em sua queda sem fim, ainda está segurando a mão dela, mais um momento, sente essa mão fresca e suave dentro da sua. Depois, esta última amarra também se rompe.

Após cruzar regiões de um azul-esverdeado, a queda giratória finalmente arrefece, agora ele flutua, quase imóvel. A noite chega ao fim, um alvorecer cinzento levanta-se por trás de suas pálpebras. Muito longe, abafados pela distância, tambores rufam, pífaros tocam uma canção estridente. Os regimentos se dirigem para a linha de frente; amplia-se o grande rumor dos homens e dos cavalos que pisoteiam a terra. As vozes dos pífaros são cortantes como o ar de manhãzinha — e aqueles tambores não param de bater. Às vezes, bem perto, um cavalo indócil bufa, uma topeteira tilinta, ordens breves ecoam por cima das fileiras cerradas.

E eis que, da neblina, emerge um enorme sol vermelho, o sol das manhãs de vitória. Ele sobe ao céu, um céu que se anima com nuvens coloridas.

Mas como a planície é vasta! Mais vasta do que todas as planícies da terra, ela é pálida e movediça, é o mar imenso e sem memória! E, com o braço comprido esticado, mostrando a estrela da manhã que se levanta, o Nègre-Nicolas exulta em seu triunfo ingênuo.

ESTA OBRA FOI COMPOSTA PELA TYPE-
LASER DESENVOLVIMENTO EDITORIAL
EM BODONI BOOK E IMPRESSA PELA
GRÁFICA CÍRCULO EM OFF-SET PARA
A EDITORA SCHWARCZ EM NOVEMBRO
DE 1993.